KB145734

문학 어울림 동인 시집

어울림 2

시음사
시사랑음악사랑

[서문]

문학 어울림 동인지 "어울림 2" 출간에 즈음하여

일 년 전 이맘때 문학 어울림 동인지 1호를 발간하였습니다. 이에 힘입어 문학 어울림 동인지 "어울림 2"를 독자에게 또다시 선보일 수 있어 기쁘게 생각합니다. 2018년 "어울림 2" 동인지 원고를 모집 공고를 한 지, 보름 만에 60명의 문우님이 신청하여 원고 모집을 조기에 마감하였습니다. 어울림 2 동지에 참여해주신 문우님께 머리를 숙여 감사드립니다. 요즘은 스마트 기기의 보급이 일반화되면서 SNS(소셜 네트워크 서비스(Social Network Service))를 사용하는 사람이 급증하고 SNS의 사용도 일반화되었습니다. SNS의 가장 큰 장점은 누구나 콘텐츠를 생산할 수 있고, 빠른 속도로 많은 사람에게 콘텐츠를 전달할 수 있다는 점입니다. 이러한 시대에 스마트 기기의 보급의 확산에 발맞춰 이제는 문학도 누구나 손쉽게 접할 수 있는 시대에 들어선 지 오래 입니다. SNS를 통해 수없이 쏟아지는 시, 수필, 소설 등, 침묵하던 문학은 휴화산에서 이제 분출하는 활화산처럼 다양하게 대중화되어 현시대는 문학의 전성시대라고 해도 과언이 아닐 것입니다. 하지만 문인이라면 문학이라는 미명(美名)하에 쓴 자신의 글에 대한 책임이 뒤따라야 하는 것이 독자에 대한 기본 예의입니다.

문인은 현실에 안주하지 말고 글을 통해 자기 삶의 가치를 높이며 성숙한 自我를 찾고자 부단한 노력을 쏟는 것이 바로 '문인의 창작 작업' 입니다. "구슬이 서 말이라도 꿰어야 보배라는 속담이 있습니다." 제아무리 학식(學識)을 두루 갖추었다고 한들, 작품을 창작해내지 못하는 문인이라면 진정한 문인이라 할 수 없습니다. 그리고 문인이라면 좋은 글의 소재를 낚아 올리기 위해 언제나 낚싯대를 삶의 바다에 길게 늘어뜨려 놓아야 합니다. 좋은 문학작품이란 도대체 무엇일까요? 답은 간단합니다. 난해한 낱말로 구사하기보다는 가장 쉬운 말로 가장 큰 감동을 독자에게 안겨주는 문학이 사랑받는 문학이요. 좋은 문학일 것입니다.

문인이라면 자신의 작품에 글을 어떻게 써야 할 것인가에 대해서 한 번쯤 깊은 통찰력이 있어야 합니다. 요즘 들어 일부 문인은 글을 너무 가볍게 그리고 쉽게 쓰려고 하는 경향이 있습니다. 독자에 대한 최소한의 배려나 작가의 고뇌 따위는 찾아볼 수가 없는 글 또한 차고 넘칩니다. 즉석에서 글을 써서 퇴고도 없이 여려 매체에 버젓이 올리고 "좋아요" 을 뜻도 없이 눌러주는 것에 도취하여 마치 자신이 글이 좋은 양, 잘 쓰는 양, 착각에 빠지는 문인들을 더러는 봅니다. 문인이라면 퇴고에 퇴고를 거듭하여 최소한 철자, 맞춤법 등은 어긋나지 않게 수정하여 올리는 것이 독자에 대한 예의입니다. 그리고 문인은 자신의 글에 대한 성찰과 자성을 게을리하지 말아야 합니다. 글에도 격식이 있어야 한다는 것을 문인이라면 잊지 말아야 할 것입니다. 최소한 문학의 기본 가치에 어긋나지 않는 문학 요소가 가미되어야 합니다.

문인이라면 글을 즐기며 쓰라고 권하고 싶습니다. 또한, 항상 겸손한 자세로 글을 쓰라고 말하고 싶습니다. 그리고 문인은 오직 작품으로 인정받아야 합니다. 좋은 작품은 굳이 내세우지 않아도 언젠가는 빛을 발합니다. 문학 어울림은 2년여 만에 2,150명이 넘는 회원을 거느린 순수 문학단체로 성장했습니다. 짧은 기간 동안 많은 예비 문인도 추천하여 등단을 시켰습니다. 문학 어울림은 이제 명실상부한 한국의 순수 문학 밴드로 자리매김하였습니다. 문학 어울림은 이에 머물지 않고 앞으로도 더욱 정진하여 예비 문인과 기성 문인들을 아우르는 문학 밴드 기본정신에 충실할 것입니다. 이번 문학 "어울림 2" 동인지 참여 문인께 깊이 감사드리며 "어울림 2" 동인지 발간을 문학 어울림 모든 회원 이름으로 독자에게 선사합니다.

2018년 11월 01일
문학 어울림 회장 주응규

목차

목차

목차

목차

어울림 2

국순정

가을은 늘 그렇게 미소 짓고 있었는데 외 2편

대한문학세계 시 부문 등단
(사)창작문학예술인협의회 회원
대한창작문예대학 6기 졸업
대한문인협회 경기지회 정회원
문학 어울림 회원
문예창작 지도자 자격 취득
대한창작문예대학 졸업 작품 경연대회 장려상
2016년 순우리말 글짓기 공모전 장려상
2016년 올해의 시인상
2017년 한줄 시 짓기 공모전 동상
2017년 한국문학 베스트셀러 작가 우수상
2018년 특별초대 시 자연에 걸리다 작품선정
2018년 순우리말 글짓기 공모전 동상

〈공저〉
동반의 여정 (제6기 대한창작문예대학 졸업 작품집)
햇살 드는 창 (대한문인협회 경기지회 동인문집)
2017년 2018년 현대시를 대표하는 명인명시 특선시인선 선정

〈개인 저서〉
시집 《숨 같은 사람》

가을은 늘 그렇게 미소 짓고 있었는데

국순정

가을은 저만치서 오고 있는데
가을이 아플까 걱정이 되는 건
해마다 가을에 이별해서가 아니고
조금 더 멀어진 내 청춘이
서러워서 일 게다

가을이 이만큼 가까이 왔는데
가을이 쓸쓸할까 염려되는 건
해마다 가을에 옛사랑이 그리워서가 아니라
조금 더 깊어진 가을에
외로움마저 깊어질까 두려워서 일 게다

가을은 늘 그렇게 미소 짓고 있었는데
내 가을이 마냥 웃지 못하는 것은
지레 겁먹은 내 가을이
다시 오지 못할까 더 붉게 물들어
애가 타서 일 게다.

그대가 그립습니다

국순정

이렇게 스산한 바람이 불고
단풍잎 빨갛게
추억으로 물들면
그대가 그립습니다

살갗으로 스미는 바람이
그대 모습 차갑게 몰고 와도
그대가 눈물 나게
그립습니다

어느 날 홀연히
아픈 상처 하나 남기고
말없이 떠나버린 그대가
미치도록 그립습니다

남겨진 상처보다
사랑으로 켜켜이 쌓인 기억이
너무 많아
그대가 아프게 그립습니다

오늘 이렇게
그리움에 허우적대고
내일 또 늪처럼 빠져들고 말겠지만
그대가 참 그립습니다.

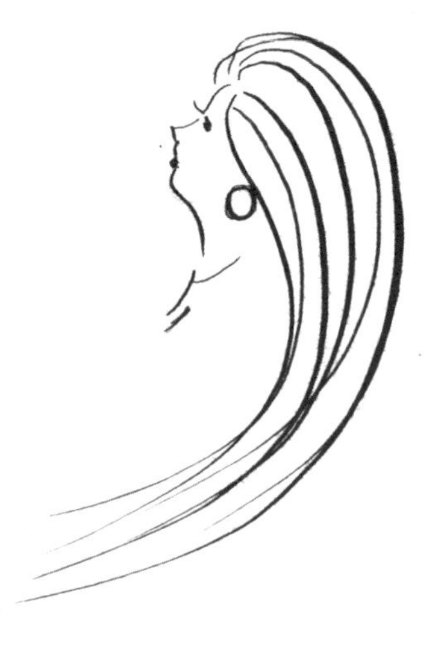

결혼 축시

국순정

남편은 아내를 부를 때 '여보'라고 하고
아내는 남편을 부를 때 '당신'이라 한다
여보는 보배와 같다는 것이고
당신은 내 몸과 같다는 것이다
부부란 무엇인지 알 수가 있는 말이다

보배와 같은 남편을
소홀히 하거나 함부로 하는 것은
나를 소중히 여기지 않는 것이고
사랑하는 당신을
아끼지 않고 홀대하는 것은
내 몸을 돌보지 않는 것이다

사랑이란 이름으로
서로를 속박하려 하지 말고
사랑이란 이름으로
웃어주고 바라봐 주길

오늘 두 사람이 하나가 되어
두 손 잡고 걸어가는 길이
영롱한 햇살 아래
빛나는 꽃길이길 빌어본다.

권미정

낙엽 외 2편

부산 출생

(현)부산 거주

2017. 10. 대한문학세계 시 부문 등단

(사)창작문학예술인협의회 회원

대한문인협회 정회원

대한문인협회 부산지회 정회원

문학 어울림 회원

낙엽

권미정

무심히 내다본 창밖엔
단풍잎 하나둘 옷을 벗듯
존재감 없이 이리저리 구르며
어디론가 떠나려 한다

바람은 원을 그리며
낙엽을 흔들어 데려가려 하지만
못내 흥에 겨워 흔들리듯 하더니
모퉁이에서 바스락 소곤거린다

인연 속에 잠깐 어울리는 머묾이
웃는 낯이든 찡그린 낯이든 결국
언젠가는 헤어짐을 맞는다

세월의 흔적을 남기려 돌고 돌아
슬픈 사연 토해낸 낙엽이 생을 마치듯
인생사도 길고 짧은 차이겠지

떨어진 낙엽 속에서
또 하나의 진리를 깨달은 순회 속에
변하지 않는 영원함은 없음이니
두리뭉실 사는 게 최상이 아닐까

바람이 전한다

권미정

흐르는 세월에 파묻힌 지친 삶이
슬픔과 좌절이 밀려오면
고단한 영혼을 바람에 놓는다

말할 수 없이 힘들고 괴로운 나에게
넌, 바람이 불지 않으면
인생살이가 싱겁다 했던가

그래,
산다는 게 참 힘든 삶이라지만
바람이 잠잠하기를 기다리는 것보단
부는 바람을 즐길 줄 알아야 한다고

그 바람을 헤쳐나가는 진리를
터득한 인생의 삶이
진정 올곧게 살아가는 방법이라고
바람은 가슴에 속삭인다.

외딴섬에서

권미정

6월의 어느 외딴섬에서
숙박을 하던 날 바닷가 날씨는
안개가 으스스하게 끼었다

음습하고 냉한 안개가 춥고 어둑하여
노을을 볼 수 없을 줄 알았는데
하늘은 붉게 물들기 시작했다

순간,
붉게 타오르며 변해가는 노을이
아름답다 못해 너무나 장엄하였다

노을은 커다란 붉은 새가
하늘을 날아가는 것처럼 웅장했으나
금세 깊은 바다로 사라진 풍경 뒤엔
어둠이 찾아들고 말았다

파도가 거품만 남기고 사라지듯
어둑한 밤바다의 찬 바람만 휑하여
낯선 쓸쓸함이 밀려와
숙소로 향했던 그 추억은
아직도 내 가슴에

김국현

여름밤의 추억 외 2편

울산 거주

대한문인협회 신인문학상 수상

(사)창작문학예술인협의회 회원

대한문인협회 정회원

대한문인협회 울산지회 정회원

대한창작문예대학 졸업

대한창작문예대학 졸업작품경연대회 장려상

문예창작지도자 자격취득

"공저" 詩 길을 가다

여름밤의 추억

김국현

더위에 지쳐 허덕이다
불가마 짧어지고 뉘엿뉘엿 지는 해를 보며
짙푸른 실과나무 아래 앉아있는 푸른 잔디가
소녀의 미소처럼 부드럽고 정겨웠습니다

기와집 안방 황토 냄새가 한 세기(世紀)를 지나며
흘러간 세월 흔적이 먹물처럼 번져있고
삼파장(三波長) 불빛에 어렴풋이 열리는
예순 해(年) 험한 골짜기를 걸어온 얼굴마다
꽃이 피고 나비가 되었습니다

삶의 무게를 내려놓고
정성으로 빚은 음식 먹어가며 익어가는 정이
수정처럼 맑은 노을로 물 들어가고
어머니가 주시던 가마솥 누룽지 같았습니다

화장산 위에 걸터앉은 휘영청 밝은 달은
아기자기한 사랑 이야기 들으며
구름 뒤로 숨어 바람 따라 떠나고
하얀 밤은 우리 곁에서 꼬리를 내립니다.

올가을에는

김국현

안개 쏟아져 내리는 강가
흘러 가버린 사랑 찾아 헤매다
햇살로 밝아오는 얼굴이
그대였음. 좋겠습니다

은행나무 아래로
수없이 스쳐 지나간 흔적 남기고
떨어져 가는 낙엽을 보며
모든 것을 비우며 내려놓고

솜사탕처럼 달콤한 추억을
먹물 스미는 화선지 채워 가며
갈바람에 취해 흐느끼는 갈대밭 서성이다

황금 들판에
가을비 맞으며 고개 숙이고
영글어 가는 나락에서
낮아지는 겸손을 배우고

다해가는 가을날
귀뚜라미 소리에
한 조각 낙엽이 바람에 날릴 때
살아 있음에 감사하렵니다.

해 걸음에

김국현

짐 지고 수고하며
높은 곳 오를 때 힘이 든다.
비워야 채울 수 있고
버려야 쉽게 오를 수 있다.

꽃잎 하나
나뭇잎 하나에도 고개 숙이고
꽃을 보면 피우느라
수고했다고 다독여 주고
새싹이 나면 겨우내

고생했노라 격려해 주자
해가 뜨면 반가워하고
해가 지면 만나길 기약하자
서쪽 하늘에 노을 비치면
사랑으로 내일을 기다리자.

사랑이 있어야 오르는 길 가벼워지
반짝이던 별이
별똥별이 휘어지며 떨어지듯
우리 인생 귀양살이 끝나는 날
이 세상 한 줌의 흙이라는 것을.

김금자

묻어버린 약속 외 2편

2017 대한문학세계 시 부문 등단
2017 대한문학세계 신인문학상 수상
(사)창작문학예술인협회 회원
대한문인협회 정회원
대한문인협회 경기지회 정회원
문학 어울림 운영위원

2017.12 대한문학세계 금주의 좋은 시 선정
2018.5. 대한문인협회 경기지회 향토문학 글짓기 대회 동상 수상
2018.6. 대한문학세계 금주의 시 선정
2018. 제8기 대한창작문예대학 졸업작품 경연대회 동상 수상
2018.대한창작문예대학 졸업
2018.문예창작지도자 자격 취득
2018.제8기 대한창작문예대학 졸업 작품집 (공저)
문학 어울림 동인지 공저

묻어버린 약속

김금자

용기를 내어 홀로 나선 여정
쏟아지는 햇살을 피하려
챙 넓은 모자를 눌러 쓰고

초록이 출렁이는 잎새 사이로
시처럼 아름다운 하늘 도화지에
청아하게 울리는 풍경 소리 그려 놓는다

아픈 듯 시린 가슴에
뜨거운 칠월의 햇볕 한 움큼 얹어
식어버린 심장을 데우면서

언니 생일 때 가자던 제주도 여행
지키지 못했던 약속 가슴에 묻고
슬픔을 달래려 꽃구경하는 마음 아프다

못다 핀 꽃봉오리가 수줍은 듯
연잎 뒤에 숨어 햇살과 속살거리고
어느 꽃대에 피워볼까나 하듯이
사월에 멈춰버린 꿈이 기웃거린다

붉어진 눈시울을 노을빛에 감추며
가슴속에 내려앉은 슬픔을 휘휘 저어
두물머리에 쏟아놓고 땅거미에 매단
깊어진 상념을 내려놓는다.

화장을 고치며

김금자

달도 졸리는 시간
먹이 낚아챌 거미줄에 매달린
이슬방울처럼 아슬한 인생살이
반쯤 뜬 눈으로 5분만을 외쳐댄다

늦잠을 자는 날에는
화들짝 뛰쳐나갔고 지하철 기다리며
후다닥 잘못 그린 화장을 고친다

숨돌릴 시간도 없이
날마다 의식을 치르듯 일하며
타인의 빈자리까지 메꾸는 날은
가뭄 든 들꽃처럼 휘청거린다

가슴골 땀방울이 곡예를 할 땐
땀수건이 축축해지고
얼굴엔 하얀 고랑을 이룬다

지친 하루가 창문에 기웃거리면
고단한 삶에 소금 꽃이 만발이지만
땀 흘릴 수 있다는 뿌듯함에
엷은 미소와 행복을 품는다.

송편처럼 빚어보자

김금자

뒤뜰에 자두같이 붉던 어머니 얼굴
안타까운 시간이 강물처럼 흘러
여든의 고령에 마른 대추 주름처럼
깊어진 세월이 삼켜버린 청춘

멀리 고향에 계신 부모님을 생각하면
하현달처럼 한쪽 가슴 텅 빈 것 같이
외롭고 쓸쓸했던 명절이었는데
이제 지척으로 오신 부모님을 뵈니
산등성이 보름달같이 입이 귀에 걸린다

삶의 무게에 짓눌려 성한 곳 없이
쑤시는 무릎과 결리는 허리
상처만 남은 부모님의 노고
갚을 길 없는 은혜에 눈시울 붉어진다

자식을 앞서 보낸 슬픔이 아직,
가슴 켜켜이 쌓여 있을 어버이
명절에 온 가족 둘러앉아 빚는 송편 속에
슬픈 그림자와 시린 가슴을 싸맨
예쁜 송편으로 정성껏 빚어 드리고
부모님의 든든한 지팡이가 되고 싶다.

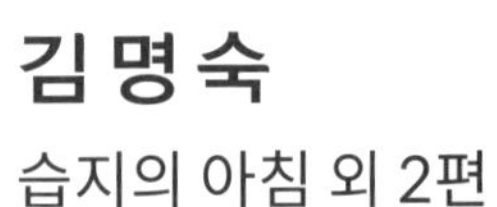

김명숙

습지의 아침 외 2편

경기 오산 거주

대한문학세계 시 부문 등단(2018.1.)

(사)창작문학예술인협의회 회원

대한문인협회 정회원

대한문인협회 경기지회 정회원

문학 어울림 회원

습지의 아침

김명숙

물안개 살포시 드러눕는
새벽 찬 공기

습지는 살아있음의
숨을 내쉬고

아침 햇살이 눈부시게 떠올라
물안개 걷어내면
온갖 생물의 움직임이
요동을 시작

잠자던 고요도 사라지고
생명의 신비함이
손짓한다네

생명 있음이 좋아라
힘찬 생명의 합창이
온 습지를 뒤흔드네.

멀어져 가는 너

김명숙

또로롱 또로롱 구르는
나뭇잎 사이로

너는 자꾸만
멀어져 가는 것 같아

온갖 이쁜 색으로
산야를 물들이고
보는 것만으로도
글이 되고 시가 되고
노래가 되어

끊임없이 솟아오르는
열정으로
네 온몸 불태우고

너는 그 길로
다시 돌아가고 있구나.

껍데기

김명숙

두꺼운 껍데기로 가려진
안의 모든 것
드러내지 않고 살아가네

껍데기라는 너울을 쓰고
가장 좋은 시선을 끌어당기며

가급적 더욱더 화려함으로
무대 위에 서 있는 피에로가
진실로 웃고 있다는 걸 알까

세상이라는 삶이라는
이 무대에서 발가벗겨진
자연인으로 돌아가야 함을

여전히 두꺼운 껍데기
그 안에서.

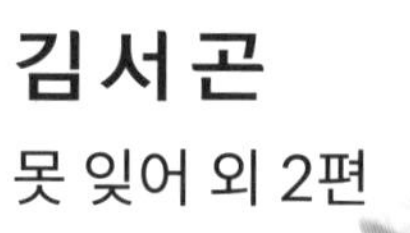

김서곤

못 잊어 외 2편

경남 거주

대한문학세계 시 부문 등단

(사)창작문학예술인협의회 회원

대한문인협회 정회원

대한문인협회 경남지회 정회원

문학 어울림 회원

못 잊어

김서곤

잊으려
너와의 추억
얼어붙은 겨울에 묻었더니

봄이 와
강물 녹자
꽃이 되어 피는구나

그리움도
원망과 미움도
다 사랑인가보다.

코스모스

김서곤

가자
시월의
공허함 속으로

젊어
사랑한 인연인데
낙엽 되어 흐른 들 아쉬울까만

옥처럼 어여쁜 코스모스
푸른 달 아래
부서짐에 내 마음 슬퍼 공허하다

구태여 애달픈 시월은 왜 찾아
찬 서리 일어
이별을 원하는 휘날리는 깃발에
아, 진실로 거짓이길 간절함인가

푸른 산은 사계로 푸르고
북두의 별은 달과 함께 휘영청 한대
허물없이 피었다 지는 코스모스
적막한 가슴에 만고상청 남아도 좋으련만.

가을 묵시[默示]

김서곤

너의 이름을
떨어지는 잎새와
외롭게 푸른 허공에 걸며
나는 눈물을 사랑하건만
너는 항상 아쉬울 때 사치스러운
미소를 보이는구나
사랑은 나 혼자 하는 것도 모르고
허구한 세월
설레었다

가을이다
가난한 도시의 불빛이
간절히 누구의 사랑이 되고 싶어 하는
내 슬픈 코스모스 계절이다
이제 조금 알겠다
단풍 지면
나를 흔드는 그리움이
밤새도록 편지를 쓴다는 것을
아프지 말라며 내 가여운 영혼에게.

김선목

가을 사랑 외 2편

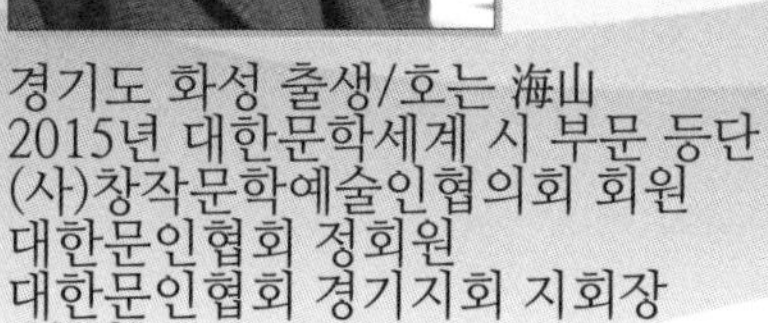

경기도 화성 출생/호는 海山
2015년 대한문학세계 시 부문 등단
(사)창작문학예술인협의회 회원
대한문인협회 정회원
대한문인협회 경기지회 지회장
〈수상〉
2015년 순 우리말 글짓기 전국 공모전 은상
2015년 한국 문학 발전상 수상
2016년 현대시를 대표하는 "명인명시 특선시인선" 선정
2016년 한 줄 시 짓기 전국 공모전 금상
2016년 순 우리말 글짓기 전국 공모전 금상
2016년 한국문화 예술인 금상
2017년 현대시를 대표하는 "명인명시 특선시인선" 선정
2017년 대한창작문예대학 경연대회 은상
2017년 한 줄 시 짓기 전국 공모전 은상
2017년 순우리말 글짓기 전국 공모전 은상
대한창작문예대학 제7기 졸업, 문예창작 지도자 자격 취득
2018년 현대시를 대표하는 "명인명시 특선 시인선" 선정
2018년 한 줄 시 짓기 전국 공모전 금상 수상
〈시집〉 그대가 있어 행복합니다.
〈공저〉
현대 시를 대표하는 명인명시 특선시인선(2016~2018년)
문학이 흐르는 여울목 〈움터〉
경기지회 동인지 창간호 〈햇살 드는 창〉
대한창작문예대학 졸업 작품집 〈비포장길〉
문학 어울림 동인지〈어울림〉
〈가곡작시〉
1.동행, 2.그리운 어머니, 3.그대가 있어 행복 합니다, 4. 하얀 면사포

가을 사랑

김선목

햇살에 베인 붉은 수수밭 들녘에
사랑을 남기고 떠난 소나기!
갈잎에 물들어 아롱진 사랑 이야기
산을 넘어 강물로 흐릅니다.

강가에 노을 지면 오시려나
꿈길에서 만나려나
기러기 울고 간 자리엔
그리운 별빛만 반짝입니다.

젊은 날이 그리운 희망을 안고
꿈길 따라 바람 따라나선 가을날
고추잠자리 맴도는 강가에서
내 맘의 갈잎 편지를 띄웁니다.

황순원 문학촌 답사길에서

사랑의 밀어

김선목

별이 빛나는 아름다운 밤하늘에
달그림자 흘러가듯
창문 너머 들려오는 구애의 속삭임은
푸른 오월의 교향곡이다.

물안개 자욱한 무대에서
테너와 바리톤의 화음이 어우러진
절절한 사랑의 노래는
수개구리가 짝을 찾는 기쁨이란다.

그리움이 물들어 쏟아지는
아름다운 사랑의 향기에 취해
개굴개굴 사랑의 밀어를 나누며
황홀한 밤을 하얗게 불사른다.

짝을 이룬 밤은 깊어 가고
밀어의 속삭임으로 사랑도 깊어 가는
개구리들의 달콤한 사랑은
으슥한 논두렁에서 새벽을 맞는다.

하얀 면사포

김선목

천사를 닮은 듯이 예쁜 여인이 여기 있소!
바라볼수록 빛나는 여인의 눈길은
아직도 하얀 면사포라오.

가족을 사랑하는 어여쁜 마음이
천사를 닮은 듯이 순수한 여인
영원한 내 사랑 하얀 면사포라오.

마리아 닮은 듯이 선한 여인이 여기 있소!
유리알처럼 빛나는 여인의 손길은
아직도 하얀 면사포라오.

이웃을 사랑하는 고운 마음이
마리아 닮은 듯이 순수한 여인
영원한 내 사랑 하얀 면사포라오.

가곡 작시

김수용

미련 외 2편

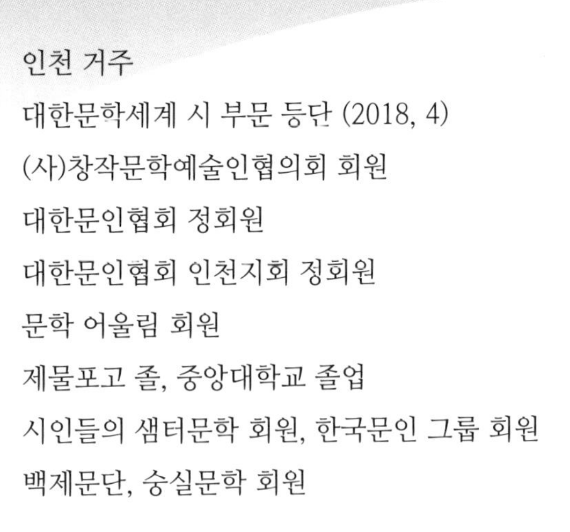

인천 거주

대한문학세계 시 부문 등단 (2018, 4)

(사)창작문학예술인협의회 회원

대한문인협회 정회원

대한문인협회 인천지회 정회원

문학 어울림 회원

제물포고 졸, 중앙대학교 졸업

시인들의 샘터문학 회원, 한국문인 그룹 회원

백제문단, 숭실문학 회원

미련

김수용

이별 뒤에
남겨진 미련 때문에
눈물을 흘리고

그 눈물은 또 다른
사랑이 되어
가슴을 아리게 한다

슬픈 이별일수록
티끌만큼의 미련조차도
남기지 말자

생의 마지막 순간까지
평행선을 달려야 할
운명이라면.

섬

김수용

세찬 비바람 몰아치는
선미도의 푸른 바다

기나긴 세월 거센 파도에
가슴 깊숙한 심장까지 도려내는
상처를 입었어도

짧지 않은 인고의 세월을
쓸쓸히 지켜온 정절(貞節)

태곳적 모습은 간데없지만
초연한 너의 모습에
바람조차 숙연하구나

막걸리 마주하던 오랜 벗들은
영겁(永劫)의 세월 속에
흔적도 없이
무심하게 사라져갔으니

일엽편주(一葉片舟) 너야말로
만경창파(萬頃蒼波)에 옥이로구나!

본능(本能)

김수용

달궈진 아스팔트
고뇌 속에 작열하는 태양

홀로 남겨진
벌거벗은 슬픈 자아(自我)

숨겨있던 본능(本能)은
먹이를 찾아 헤매는
하이에나 마냥
생존을 위해 발버둥 친다

인간의 욕망은
어디쯤에서 멈출 것인가

멈출 수 없는 두려움 속에
채워지지 않는 갈증

그리고
남겨진 상처 가득 안고
홀로 고뇌이는 독백 속에
남겨진 나의 본능(本能)
서글픈 정열(情熱)이여!

김수찬

비와 그리움 외 2편

한국문학작가회 시 부문 신인상

대한문학세계 수필 부문 등단

사단법인 대한문인협회 정회원

사단법인 한국 문학 동인회 고문(이사)

사단법인 한국 문학 작가회 정회원

사단법인 한국 문학 동인회 정회원

문학 어울림 회원

(주) 목암 대표이사

〈수상경력〉

문화관광부 장관상 외 다수

동인지 20여편 참여

비와 그리움

김수찬

비의 속삭임은 물 내음에 코끝의 간지러움도
비와 공범으로 부딪혀 흡수되고
툇마루까지 흐르는 존재 이유를 적시니

댓돌 위 가지런한 고무신에
담기는 빗소리 조용하나
줄기찬 비의 노래가 섬 아기 동요로 들려오고
회상되는 추억은 뇌를 적시어 간다

울컥 내 어머니 그립다
아픈 몸 깊은 눈으로 걱정하시던
내 어머니가 그리워지는 비의 소곡이다.

늘 그러하듯 비는 미련 없이
눈물만 남긴 채 하늘을 비우고
내 어머니 그리움도
갈증만 가득 남긴 채 비로 떠나가니
어머니 회상도 심연 깊은 추억으로 자리한다

툇마루 아래 댓돌 나란히 앉은 고무신
그 안에 빗물은 가득하고
하늘은 고무신 안에 담겨있다.

홀로인 듯 무심 가는 길

김수찬

향기가 없는데 향기로 가득하다
지치지 않는 시간은 부럽기만 하다

깊어지는 음률의 향기로
가꾸지 못한 자아는
그저 향이 지워진 세월 뒤에
그림자로 자리한다

악보에 숱한 표식도 그저 흥얼거림의
습관적인 달관으로 읽어내고
부끄러워 오선지 뒤에 그림자로 자리한다

하지만 탓하지 않고 바라지 않고
홀로인 듯 무심 가는 길에
향기 맡고 노래할 벗이 있어
그 속에서 그림자 되지 않고
함께 유희하며 빛나게 가련다.

세상의 근심 다 풀어놓고

달에 담은 그리움

김수찬

커피는 식어가고 사념은 깊은데
흐릿한 그리움은
호수에 담긴 달이네

날아든 미운 박새
목축임에 파동은 메아리치고
흐릿한 달그림자마저
사방으로 흔들고
물끄러미 바라보는 처량 신세
부끄러워 곁눈질도 어려우니

차가워진 커피잔 안에 남아있는
달이라도 눈 맞춤으로 안위하고
조각난 그리움 오체투지 정성으로
조합의 일념이다.

다시 낮달로 하늘 자리 지킬 때
호수에 물든 그림자 보쌈으로 담아
짓궂은 박새의 용심도 없는
서재의 중심 책꽂이 사이에 두려네

이제 다시 따뜻한 커피를 내려 마신다
찻잔에는 달이 없다.

김옥빈

자연을 품은 임 외 2편

대한문학세계 시 부문 등단
(사)창작문학예술인협의회 회원
대한문인협회 회원
대한문인협회 경남지회 회원
문학 어울림 1집 공저
문학 어울림 회원

자연을 품은 임

김옥빈

석양빛 물들인 가을
저 멀리 노을 진 강산
황혼이 질 무렵임에 길
구름도 바람도 애잔해 한다

꽃, 바람아!
흰 구름아!
어디서 왔다
어디로 가는지? 쉬어 쉬어 가거라

세월 속 삶에 무게 견디다 못한
길 잃은 임 곁에
아픈 마음 휘감고
강물도 벗이 되어 머물다 가거라

별빛 달빛이여
임 편한 쉼 잠들게 하여 여명 빛 비출 때
바람아 구름아 가슴에 삶을 위한 행복 새겨
쾌활한 마음으로 쉬었다 가거라.

그대는 참 이슬

김옥빈

고요한 가을 달밤
그대는 소리 없이 찾아와
새초롬히 초롱초롱 송알송알 반짝이는 아침
맑은소리 전하며 눈 부신 빛 가졌네

데굴데굴 또르르
굴 것 같은 위태로운 느낌
가만가만 풀잎 위에
고운 빛 맑은 얼굴 뽐내니 갖고 싶은데

손대면 사라질까 담아 갈 수 없고
꽃잎 풀잎에도 찬란한 빛 쉼 하며
아슬아슬 매달린
연약한 자태 떨어질까 조마조마
영롱한 윤슬 눈에 담고
영상에 담아 머물게 하고 싶다

송이송이 꽃잎마다
송골송골 맺힌 풀잎 위에
곱디고운 빛으로 더 머물 수 없을까
넌 그 곁에 영원히 떠나지 않는
벗이 되길 바라본다.

가을이 오는 소리

김옥빈

강산을 아름답게 물들고 간 바람
황금빛 들녘 오곡이 물결치듯 일렁이고
살랑살랑 불어오는 가을바람에
품바 허수아비 꾸벅꾸벅 졸다
잠결에 휘이휘이

팔랑팔랑 날리는 깡통 연주
헛기침에 놀란 새들
지키는 그놈 졸음에 배 채운다
얄미운 갈바람
가슴 속 흔들고 지나갈 때

야외 나온 축객들 도란도란
계곡 숲 품바에 깔깔웃음
장 그라진 숨소리
자연 숲속 메아리는
맑은 정기 계곡물 어울려
쓸쓸한 맘 잊게 한다

갈바람아
다음 산야에 더 예쁘고
멋진 가을 숲 메아리와
곱게 곱게 물든 임 찾아오실까?

김인선

시의 암수 외 2편

1954. 인천

자유문학세대 시, 수필 부문 등단

자유문학세대예술인협의회 부회장

동우종합건설 이사

문학 어울림 고문

여러 문인협회 및 동인지 다수 공저

시의 암수*

김인선

가을비 스쳐 간 화단
지렁이가 보인다
저것들의 개체 수가 이 땅에 얼마나 될까
자웅 구별이 없어 통계 낸 적이 없다
꿈틀거릴 때마다
사방으로 그려대는 사유 깊은 상형문자
긴다,
듣지도 보지도 못하지만
빛 찾아 온몸으로 쓰고 있다
사랑에 대해,
찢겨 나간 구름의 아픔에 대해,
구차한 삶에 대해,
누가 저들의 시를 해독해 보았을까
단순하다는 이유로
허접한 빈모 강이라는 이유로
뼈대 없는 약한 앵글 웜으로 전락한,
누가 알까
환대에 꿰어 찬 시
저 지하 세계
시가
시가
가득하다

*暗數 : 실제로 발생하였으나 범죄 통계에는 나타나지 않은 범죄.

물의 프랙털

김인선

지금 그들의 유행은 곡선
한껏 휘어져 기어코 제 꼬리 옹골지게 물고
완벽한 동심원을 그려내 자기를 가둔,
그들은 그 안에 머무르며 오래전에 퇴적된
자모를 캐어내 쌓고 소비한다
퍼져가는 동선 따라 선이 선을 붙잡고
저절로 봉쇄되는 입구,
수면 아래 자기들만의 출구로 드나들며
은밀하게 일으키는 상이한 알고리즘의 파문
출렁거리는 곡선의 덫,
아무도 모르게 갇혀 세상에 없던 언어가 썩는,
유연하게 흐르는 펌웨어를 부수고
무차별로 변형시킨,
복잡 난해하게 그린 도면에 의해 채굴되어
난무하는 하드웨어의 활자들
외곬 같은 표면 장력 믿고 각을 죽인,
울렁거리는 곡면에 무늬가 무늬를 밀며
점점 외면당하는 코크 곡선
휘어질 듯 낭창거리던 반 곡선
물 밖 행간의 탄력
그게 이백*의 미(美) 아니었나

* 당나라 시인

죽방렴*

김인선

급물살에 밀려온
나는 어디로 끌려가고 있는 것인가

눈썹달이 물살에 갈기갈기 찢긴다

떼 지어 퍼덕이며
와류 이겨내려 대 마디처럼 꼿꼿해진 등뼈
파닥일수록 휘어지는 저항들

어제 다녀온
화구로 향한 통로에 박힌 회색 기둥이 무섭다
와류에 밀려 갇힌 시체
활활, 내 손이 타는데 내 허파가 타는데
아무런 냄새도 배어 있지 않았다

그날 선착장 바닥에 누워 잠들었다
햇살 퍼지자 따가운 볕에 등이 태워지는 기억
멀리 아침 갈매기 떼가 낮게 날며
꾸룩 꾸룩 곡성을 냈다

꿈에도 푸르렀던 하늘에도 있을까, 통로가
건져내고 또 건져내는

* 竹防簾 : 물때를 이용하는 재래식 고기잡이

김인수

시월의 길목에서 외 2편

안산 거주
대한문학세계 시 부문 등단
(사)창작문학예술인협회 회원
대한문인협회 정회원
대한문인협회 경기지회 정회원
안산문인협회 회원
문학 어울림 회원

시월의 길목에서

김인수

따사로웠던 햇살은
가을바람에 식어버려
오간 데 없고
잎새마저 붉은 태양에
타버려 빨갛게 물들었구나

흔들리는 나뭇가지
가는 세월에 몸부림치다가
마른 잎은 허공에서 흩어지고

서걱거리는 길섶에는
시월의 바람이 너울대다가
갈대밭을 휘저으며
가을을 색칠하는데

숨어 우는 새 한 마리
푸드덕 소스라쳐 비상한다

좁다란 숲길 사이
진통 끝에 홀씨 되어 버린 민들레는
바람 따라 흩어지고

시월의 길목에서
손 내밀어 잡아보니
가을 향기만 한 움큼 쥐어져 있구나!

광대

김인수

사노라면 가면을 쓰고 살아가는 인생이다
살다 보니 희로애락에서 광대가 되고
주인공이며 때론 관객이 되어
인생을 연출하고

꼭두각시처럼 시시덕거리다 쓴웃음 짓고
긴 소맷자락 나부끼며
덩실덩실 춤을 추는 어릿광대다

살다 보니 그러하더라
사노라면 그리되더라
오장 육 보
다 꺼내어 풀어 헤쳐놓고

때론, 미친 듯이 때론, 허둥대며
때론, 진실 아닌 진실에서
광대처럼 살아가더라

살다 보니
너와, 내가 광대이며, 관객이더라

사노라면
그리되더라 광대처럼!

상사화 꽃

김인수

무엇이 그토록
너에게 상처를 주었기에
활짝 핀 너의 얼굴 잎새 없이
목 긴 사슴처럼 피어 있느냐

분홍빛 얼굴에
꽃술도 아름다운데
가을바람에 흔들림 없이 고운 자태로
자존심만 내세우고 있구나

네 옆에 얼굴 내민 국화는
너의 시샘에 향기만 코끝으로 다가오고
바람결에 스쳐 가는 가을 향기는
가로등 불빛 따라 흩어진다

파릇한 잎새 하나 따다가
너의 날개 달아주고 싶은 마음 가져보니
꽃잎이 토라질까 망설이다

너는
우리네 인생관을 닮아있구나!

김재덕

가을 들녘에서 외 2편

전남 신안군 지도읍 출생
(현) 부산 거주
2017. 03. 대한문학세계 시 부문 등단
(사)창작문학예술인협의회 회원
대한문인협회 정회원
대한문인협회 부산지회 정회원
2017. 07. 3주 좋은 시 선정
2017. 11. 1주 금주의 시 선정
(공저) 문학 어울림 동인 시집
대한창작문예대학 제8기 졸업
졸업 작품 경연대회 장려상
2018년 문예창작지도자 자격 취득
2018. 04. 1주 좋은 시 선정
2018. 09. 대한문인협회 주관
부산지회 주최 향토글짓기 경연대회 은상

가을 들녘에서

김재덕

굽이치는 가을이 내려앉은 들녘에서
아파하는 잡초와 들꽃을 밟아보고
메뚜기와 같이 논두렁을 타고 넘는다

어쩌랴 너희는 아팠을 테고
가을을 걷고 싶은 나그네의 욕구는
이리 멋을 부리는데 너희가 참아야지

소슬바람이 가슴을 뚫고
넉넉한 가을 향기가 마음 녹이며
파란 희망을 새기는 날

아, 이 좋은 가을에
사랑으로 불타오를 단풍은 설렘을 안았고
벼 이삭은 황금알을 낳는 풍요가 좋다

세속에 찌든 얼룩진 육신을
고추잠자리에 물들여 높이 날아오르고
종다리와 지지배배 벌써 부산하다

이 좋은 날도 때가 되면 가겠지만
이 순간의 행복을 즐기는 넉넉한
나의 영혼은 말간 하늘을 닮았다

아뿔싸
시선 끄트머리 어둠별 동으로 간다.

퍼즐 조각의 미완성

김재덕

그냥 내리는 것은 비가 아니었나
내 머릿속을 헤집은 비바람이
기어이 가슴을 적시고 말았다

천둥 번개가 울부짖는 빗물에
온갖 아픈 사연을 게워내듯
슬픔의 눈물이었다

영원한 진실의 가면을 쓴 거짓된 얇은 인연도
때론 묻어야 하는 허무가 빗줄기에 실려
스며들고 뻗어간다는 걸 알고 말았다

삶의 아픔이 없기를 바랐건만
스치는 바람만도 못한 부질없는 사연에
하늘과 가슴은 기어이 울고 말았다

이 한밤 영혼을 적시고 지나간
쌓이고 쌓인 슬픔이 가시겠냐마는
냉한 가슴과 노여운 하늘은 개겠지.

단양의 밤

김재덕

우듬지 걸터앉은 보름달을 불러들인
지나치지 못한 뭉게구름과
매끄러운 몸짓으로 유영하는 밤

촘촘한 별빛은 동공을 늘리고
구슬픈 풀벌레의 우는소리마저
명경지수 낚는다

가을은 들녘을 재촉하고
단풍은 알록달록 물들어
감동의 수채화를 그릴 시인의 가슴에

행복 안겨주는 저물녘의 정취가
소슬바람에 심경 변화 일으킨 풍경화
태풍에 식겁하여 들뜬다.

김재진

상처 외 2편

대전 거주

대한문학세계 시 부문 등단 (2017)

(사)창작문학예술인협의회 회원

대한문인협회 정회원

대한문인협회 대전중청지회 정회원

문학 어울림 회원

상처

김재진

만신창이 아름드리 고목은
한 줄기 햇살과 바람과 비로
여린 싹을 틔워 숨을 쉽니다

더 오르려 아웅다웅 부딪혀
상처가 난 두 그루의 나무는
연리지로 부둥켜 동행합니다

살다 보면 작고 큰 생채기들이
곡선의 유연한 나이테로 태여
지혜로운 삶의 걸작이 됩니다

수백 년을 견뎌내는 고목처럼
상처는 도려내는 것이 아니라
가슴팍에 묻고 사는 것입니다.

술

김재진

달맞이꽃 같던
계집아이를 알기 전부터
아버지는 저물녘 달빛에 쓰러지셨다

어머니의 푸념 소리는
뒤뜰 장독대에 쌓여가고
빈 술병에는 별빛이 내려앉았다

하루해는 땅거미를 쫓아가고
빈속을 타고 내려오던 짜릿한 너의 전율은
차라리 늪이었다

지난 밤에도 달맞이꽃은 피었을까
술잔 속에 아른거리는
삶의 여정들은 켜켜이 쌓여가고
가을은 저만치 손짓을 한다.

바람의 맛

김재진

가난했지만, 고향의 삶이 그립구나

해발이 높았던 산마을
고갯마루 자갈밭 능선으로
치오르는 바람 맛이 참 좋았다

꾸물꾸물 솟대 오르는
밤 근심을 훨훨 날려주던
그 바람 맛을 잊을 수가 없다

그 청량하고 후련한 맛
그대는 아시는지 모르는지
산 매가 하늘가 누워서 바람을 타는 맛

바람 부는 너른 언덕으로
도심의 고단했던 시름은 접고
이제는 석양의 노을빛에 젖고 싶구나!

김지우

당신 외 2편

베트남 거주

대한문학세계 시 부문 등단

(사)창작문학예술인협의회 회원

대한문인협회 정회원

문학 어울림 회원

당신

김지우

매일 노크도 없이 나의 마음에 들어와
소리 없이 머물고 간
당신.

시시때때로 보고 싶은 마음이 들면
그리움을 동반하는
당신.

사랑이라는 불치병 하나 주고 꼭
처방전이 되어주는
당신.

어느 사이 흑백의 꿈을
총천연색으로 바꾸어 놓은
당신.

한 사람만 보이게 하는
콩깍지 하나 씌워서
마법을 걸어놓은
당신.

꽃의 미혹보다
눈 한번 찡끗, 윙크에
심장을 펌프질하게 하는
당신.

봄비

김지우

봄비가 새록새록 내리고 있는
저 뜰 밭에 비가 그치고 나면
어떤 봄이 나를 찾아올까

아기 새싹 초 롬 하게 고개 내밀고
방긋이 봄맞이하는 날

그대가 보낸 그리움이 먼저
나비처럼 살며시 찾아올 것 같아
촉촉이 젖은 마음

따스한 봄볕에
살포시 내어놓았습니다.

그리움 불어 좋은 날

김지우

빨간 흐엉 꽃에 스쳐 간 바람은
어느 곳으로 긴 여행을 떠났을까

그리움이 시원하게 불어 좋은 날
내가 서 있는 세상이
눈부시도록 아름다워라

오월의 향기 상큼함을 가져다주는
흐엉 나무 아래
붉은 꽃이 한 잎 두 잎 떨어져도

어딘가 바람이 잠시 쉬는 그곳에는
나를 기다려 줄 사랑이 있을 것 같다

눈물 나는 행복이 가슴에
촉촉이 스며드는 아침이 오면
빨간 꽃잎에 태양이 짙어 태워 버린 정열
못내 아쉬움을 남겨놓고
남은 날 내 고운 추억에 편지를 쓰겠노라

이토록 아름다운 세상에
내가 있었음에 감사함으로

김 진 태

호수를 꼬집어 파문을 외 2편

충북 괴산 출생
약력: 국민학교 3년 전국어린이글짓기 시 수상
계간[시와 시인] 신인상으로 데뷔
사)국제펜클럽 한국본부 회원
시)한국문인협회 홍보위원
한국의 인물 21세기에 등재
현대한국 인물사 등재, 대한민국 인불사 등재
한국현대문학작가연대 회원
한국문혜학술저작권협회 회원
문화체육관광부 등록번호01-034841
한국예총 시흥지부 대의원(역임)
한국문인협회 시흥지부 상임이사(역임)
대한민국 문학상 시흥지부장
한국 시낭송 문인협회 상임이사, 오솔시 시낭송회 상임이사
해동문학회 이사 (역임), 공간문학회 이사 (역임)
농민문학회 이사 (역임)
〈수상〉
육군33사단 공로표창상, 서울관악구 3동장 감사패
대한민국예술공로 대상, 시흥시 제8회예술공로 대상
한하운 본상, 윤종혁 문학상 대상
〈저서〉
한국명시선96인 선집, 문학공간 시선집, 해동문학 시선집

호수를 꼬집어 파문을

김진태

잠든 호수를 꼬집어
파문을!

그 님 가슴에 피멍 들어

푸른 영혼에 혼불 달려
뜨겁게 태운 사랑
호수에 담금질!

호수를 꼬집은 것은 사랑!
수치도 부끄럼도 아닌
그 순수함!

물길 따라가노라

김진태

물오르니
잎도 꽃도 피어나니
봄 여름 되고

물 내리니
곱게 단풍으로 낙엽 되니
가을 겨울 되며

물 오르내림에
철새들 계절 찾아간다

철새처럼
아~ ~ 세월은 잘 간다.

찻잔에 떠오는 그리움

김진태

찻잔에 떠오는
그리움은!
사랑도 있고 우정도 있다.

찻잔에서 풍기는 향기는
아직도 못다 가신
어릴 적 젖 냄새가 있고
사랑에 비릿한 향기가 남아있다.

반 잔쯤 마시고 나니
단맛이 있고 쓴맛이 있더이다.

찻잔을 비우고 나니
만남이 있었고 이별도 있었다.

다만 그리움으로 가셔내는
빈 찻잔!

김 채 연

내 영혼의 향수 외 2편

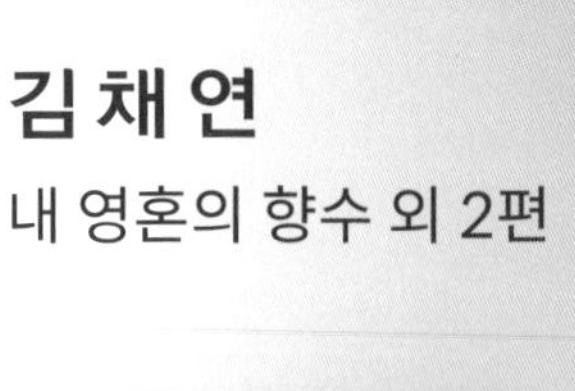

대한문학세계 시 부문 등단

(사)창작문학예술인협의회 정회원

대한문인협회 정회원

대한문인협회 대전충청지회 정회원

문학 어울림 회원

향기를 말하다 힐링교육센터 대표

국제아로마심리상담코치연합회장

내 영혼의 향수

김채연

비가 내리는 아침이면
내 마음은
널 따라서 어디론가
홀연히 떠나곤 하지

나무 이파리들
밤새 수많은 사연으로
번뇌에 차 있어도

바람 따라
하얀 안개꽃 다발
너를 안고는
잠시 행복을 누려본다

베티버 향기 가득한
비
너는
언제나 평온한
내 영혼의 향수란다.

카톡

김채연

그리움 한 줄 보내고
보고 또 보고
설렘 한 줄 보내고
보고 또 보고

기다림에 한번
빙긋 웃으며
카톡! 하고 오지 않는
카톡을 보며
눈살 찌푸렸다
씨익 웃었다 흐흐
바보처럼 그냥 웃는다.

캘리그래피

김채연

가끔은 내게도 하고 싶은
말이 있다.

손끝에서 춤을 추고
강렬한 탱고가 아니었더라도

나에게 하고 싶은 말을
하고 나니 속이 시원하다

내가 듣고 싶은 말을
들으니 기분이 참 좋다.

가끔은 춤을 춰보자
속 시원히
기분 좋게.

김철민

시월의 노래 외 2편

2017년 대한문학세계 시 부문 등단

(사)창작문학예술인협의회 회원

대한문인협회 정회원

대한문인협회 경남지회 정회원

문학 어울림 회원

현) 양산시 평산동장

시월의 노래

김철민

햇살의 그림자여
그대 향해 물든 가슴이여
한여름 떠난 임을 불러내
가슴 적셔 내리는
가을로 떠나려 합니다

등 굽은 긴 사연 머금고
단풍이 물들기 시작하면

당신 옆에서 무심코 지나친 하늘을 향해
하나씩 가을의 기억을 쪼개어보렵니다
산촌 들녘으로 날갯짓하며 부둥켜안은
오색빛깔 이슬도 맺히게 하렵니다

오늘과 내일
가을이 더 쌓여 가슴에 내린다면

가슴 뿌리째 내는 긴 편지를 써서
그 깊이를 알아볼 수 없게
낙엽으로도 더는 전할 수 없게

바람 소리를 꺼내 준비한 이별을
불러 드리려 합니다.

만추

김철민

그리움으로 너의 품에 안겨
뙤약볕 아래 갈증을 견디어 낸
지난날의 역경을 나누고 싶다

붉게 물들어 있는 너의 품에 안겨
기다림으로 앓았던 깊은 상처의
아문 흔적을 매만져 주고 싶다

가을을 향해 경배하는 만추가 되어서
단풍 한 잎 열매 한 알로 달래보는
너의 그리움이 되고 싶다.

봄꽃

김철민

봄날의 햇살이 터질 때
무색으로 반겨주는 빨주노초파남보
꼭 붙잡은 가슴에다 널 가두었지

화려하고 일그러진 초상화를
그려보라 하는 겨울의 기억에서
연출하는 눈물이 피어날 때도 그랬지

가슴 마디마디 본능에 분질러 담은
그 색으로 꽃은 이름으로 꽃말을 걸었다

봄비가 꽃비로 떨어지던 날
어이할꼬
분질러 담은 색 흐르는걸.

김 태 백

난 가을이 좋다 외 2편

백두산 문학 시 부문 등단
(사)창작문학예술인협의회 회원
대한문인협회 정회원
대한문인협회 제주지회 정회원
문학 어울림 운영위원

난 가을이 좋다

김태백

산자락 낙엽이
익어가는 가을은
낭만 속에
꿈이 피어나는 계절이라
난 참 좋다

과실나무마다
열매가 익어가고
들녘에 메뚜기 뛰어놀고
허수아비 밭두렁에
서 있어 좋다

가을밤 보석 별은
더 아름답고 빛 토해내는
호수에 구름 꽃
흘러가는 세월 같아서
가을은 참 좋다.

접시꽃 당신

김태백

접시꽃 당신
무더운 여름 장맛비
지나간 자리
담장 너머에 분홍빛
사랑 담아 아름다운
선율 곡조 따라
접시꽃 당신
예쁘고 아름다운 미색으로
손색이 없구나

사랑 없이는 피지 않는
접시꽃 당신은
따사한 소녀의 해맑은
미소로 다가와
하얀 나비와 춤추며
놀고 있구나

저녁노을 질 때는
더욱 풍요롭게
야망으로 피어나는
접시꽃 당신이 있어
난 언제나 행복하구나

패랭이꽃

김태백

분홍빛 자태를 뽐내는
패랭이꽃
시골 길거리에 곱게 피어
아름다움을 자아내는
소담하고 정다운
사랑이 넘치는
패랭이꽃이 피어 있구나

붉은 패랭이꽃은
절색 미인답게
다섯 잎 속에 동그라미 무늬가
미색을 자랑하는
패랭이꽃이 피어 있구나

연분홍빛 패랭이꽃은
생김새가 패랭이 밀짚모자라서
그 이름 당당한 패랭이꽃이로구나

순결한 사랑 없이는
피지 않는 패랭이꽃이
아름다움의 하늘을 찌르는구나!

도분순

기다림 외 2편

아호: 송향 도분순
경북 군위군 효령 출생
경북 봉화군 춘양 거주
2017년 11월 대한문학세계 시 부문 등단
(사)창작문학예술인협의회 회원
대한문인협회 정회원
대한문인협회 대구경북지회 정회원
문학 어울림 회원
한국 문인협회 봉화지부 정회원
영주 문예대학 11기
영주시 시 낭송가로 활동 중

〈수상〉
2017년 12월 대한문학세계 신인 문학상 수상
2018년 10월 대한문인협회 주관
대구경북지회 주최 향토글짓기 경연대회 동상

기다림

도분순

저 한없이 먼 인생의 강변
멈춰버린 삶의 발자국이 있다

노을빛 고운 석양 아래
무엇이 간절한지 그 누구도
남겨진 것 하나 없이
흘러 흘러만 간다

강바람 산바람
벗 삼아 둥실둥실
밤낮 기다림에 지쳐 있지만

일렁이는 물살이 몰려오고
물거품 같은 삶의 여정을
내려놓으면
시간은 한없이 떠밀려 간다

강줄기 따라
유유자적 흘러가는
내 인생의 부여잡은 끈이 힘들다.

꿀잠 방해꾼

도분순

소리 없이 눈꺼풀 내리 우고
깊은 고뇌에서 헤매다
꿈속 너를 느낀다

뿜어내는 입김이 요란하고
휙 휙 나부끼는 너는
며칠 동안 떠나지 못하는구나

신록의 계절이라
장미 향만 그렸구먼
중심 없는 너는 힘들어 소리치네

오월의 햇살이
너를 삼키면
넌 흔들어 토하고 구름 속 포장되어
온종일 신들이 무녀처럼 요사스럽다

어둠 속 깊은 잠에
나는 너를 느끼고 느낀다
깨어날 때
호흡을 멈추어다오
바람아!

당신 닮은 꽃

도분순

향기가 골목 여기저기
꽃잎 한 장 한 장 흔들림 속에서 본
당신 닮은 분홍 꽃이 곱게 피었습니다

당신이 손수 꽃씨 뿌려
해마다 장엄하게 피고 지고
한결같은 자상한 당신의 숨결 그립습니다

오늘처럼 그윽한 향기가
빗방울 속 그리움 떨어지는 날
당신이 더욱 그립고 가슴 아려온답니다

무궁화 꽃이 피었습니다
활짝 웃는 당신 꽃이 피었습니다

당신과 먼 여정 동행한 무궁화 꽃
곱디곱게도 피어서 발걸음 머물게
그윽한 모습과 속삭임까지도 들려옵니다

천상에서도 막걸리 좋아하시나요
당신 꽃 필 때쯤 자꾸만 눈물이 나요
그래도 사시사철 볼 수 있다면 좋겠습니다

당신이 좋아하시는 막걸리에
그리움 가득가득 담은 안주랑 같이
꽃밭 앞에 펼쳐놓고 오기만 기다려봅니다.

도 현 영

세월아 외 2편

경북 군위 출생

대구 거주

대한문학세계 시 부문 등단

(사)창작문학예술인협의회 회원

대한문인협회 정회원

대한문인협회 대구경북지회 정회원

2016.12.09 제36회 대통령기

국민독서경진 서구 예선 편지글부문 장려상

2018. 04. 2주 좋은 시 선정

문학 어울림 운영위원

세월아

도현영

긴 머리 사각사각 바닥에 뒹굴고
숨었던 백로는 까마귀 떼 무서운지
살금살금 눈치를 본다

세월의 뒤안길 쓸쓸한 잔재처럼
서글픔을 안은 채
체념 속 순응에 고개 떨군다

지난 흐름을 어찌 막을 수 있었겠나
살랑거리는 봄바람에
날개 꺾인 정열은 부끄러웠는지
하얀 깃털을 검게 덧칠한다

하나둘 사라져가는 백로의 깃털이
까마귀 색으로 변하는 초라함에도
제 모습인 척 헛웃음 지어본다

여자의 변신은 무죄라고 했던가
어깨 으쓱하는 밝은 모습에
행복한 자긍심을 가져본다

동백꽃

도현영

수묵화를 덧칠한 을씨년스런 날씨
해풍은 휘파람으로 요동치고
엄동설한 모진 고통 참아가며
사랑의 힘으로 동백은 불을 지폈다

눈부신 붉은 등불처럼
가냘픈 눈썹이 반달을 그리고
온 세상 밝음에 잠자다 놀란 갈매기
날개가 퍼드득거린다

강추위에도 정열을 불태우려는지
저고리 고름 풀이놓은
반짝거리는 눈 꽃송이 속에서도
요염한 자태로 눈웃음을 흘긴다

영혼 없는 사랑일지언정
붉은 여인의 눈빛에
홀린
동박새와 갈매기 같은 나그네들
언 가슴 쓸어 담는다.

바람의 향연

도현영

살랑살랑 불던 들녘의 바람이
싱그럽고 향긋한 내음을
슬쩍 업고 왔나 봅니다

꽃밭을 지날 때면
코끝에 스치는 향기가
영혼에 스미어 상쾌한 기분이네요

빵 가게 앞을 지날 때면
구수한 냄새로 허기짐이 꿈틀대지만
역겨움이 코를 화나게 할 때는
인상이 구겨지듯이

때론,
살아가면서 좋은 일들만 있을까마는
혼탁한 바람을 원하지 않아도
대면할 때도 있을 우리네 인생,

강물 따라 잎새에 인사하며
산등성이로 유유히 흐르듯
신선하고 상쾌한 바람이라면
스치는 바람이라도 가슴에 담으련다.

류 향 진

고요 외 2편

대한문학세계 시 부문 등단
(사)창작문학예술인협의회 회원
대한문인협회 정회원
대한문인협회 인천지회 정회원
문학 어울림 회원
공저 - 텃밭 9호, 10호

고요

류향진

거의 날마다 움직임은 멈춤이 없는 듯했고
멈추어서는 안 될 듯
휘청거리면서도 움직였다.

그러다가 어느 순간
한 번도 움직임이 없었던 듯
깊은 잠 속에 잠긴 이 느낌은 무엇인가?

움직임 속의 멈춤은
텅 빈 안과 가득한 밖을 이어주는
하나의 선

무수한 혼란을 잠재우는
한 잔의 차
그 향에 휘청거리는 가슴을 쓸어내린다.

강아지풀

류향진

햇살에 빨갛게 익었던 내 마음
여름을 부르는 봄비에
속속들이 젖어 드니

햇살이 뜨거운 줄도 모르고
빠져버렸던 날들이
물기 머금은 강아지풀처럼 흔들리네.

시간은 홀로 가는데
잊지 않고 찾아오는 봄비처럼
내 마음 휘젓는 어느 시절의 기억은

시간을 좇아 갈 수 없어
세월이 쓸고 간 빛바랜 등 너머로 떨어지는
빗방울 소리에 젖어버리네.

눈빛

류향진

하얀 눈 속에 푹 빠지고서야
추운 줄로만 알았던 그 안이
그렇게도 따스한 줄 알았습니다.

날마다 바보처럼 헤매는 사람을
끝없이 바라보아 주는 눈빛들
그 안에서 녹아버릴 수밖에 없습니다.

오늘도 하얀 눈으로 가득한 세상 한가운데에서
총총 반짝이는 눈빛들과
겨울 놀이에 빠졌습니다.

언젠가 어설픈 몸짓 끝나는 날
가슴에 차곡차곡 쌓이는 이야기들도
꽃으로 피어나겠지요.

박상종

가로등 없는 골목길에 들어선 빈 잔 외 2편

대한문학세계 시 부문 등단

(사)창작문학예술인협의회 회원

대한문인협회 정회원

대한문인협회 서울지회 정회원

문학 어울림 회원

가로등 없는 골목길에 들어선 빈 잔

박상종

오월은 푸른빛으로 물들고
사람들 마음속에도
초록빛으로 가득하고

아직 피우지 못한 앙상한 가지만
덩그러니 매달리고 있는
혼자 외로이 앉아 있는 고독한 나무

새순들이 꽃밭을 이루고
빛이 돋아나 남모를 시선으로
한 땐 청초한 사랑을 받기도 했을 터인데

차가운 눈보라 이기고 비바람도
버텨내어 여기까지 왔는지
이제 갓 겨울을 벗어나 봄을 지나치고

지금은 홀로 남아 쓸쓸하게
돌보는 이 하나 없이
온 세상 푸른빛 물 들어갈 때

너의 시선 둘 곳 막연하구나
홀로 가는 길에 외롭지마는
않았으면 하는 바람에

모든 걸 내려놓고 편하게 쉬고 싶어
외딴 가로등 없는
골목길까지 숨어들었을까

아카시아 꽃향기

박상종

그립다. 향기가
아카시아 꽃향기를 해마다 불러본다

쓸쓸하게 서 있던
청순하고 가녀린 모습이
떠나질 않아 해마다 불러본다

그 길을 지날 때마다
아카시아 꽃길이 끝나는 그 길에
꼭 그 소녀가 서 있을 것 같아

그 길을 지날 때면 항상 같은 향기가
해가 바뀌고 또 해가 바뀌어도
그 소녀의 향기인가

그 길이 끝나고서야 해마다 찾아오는
그 소녀의 향기가 사라진다

해마다 기다리는 그 소녀의 향기가 그리워
그 아카시아 꽃길을 해마다 불러본다.

낙엽이 질 무렵

박상종

삶에 언저리 그 슬픈 눈
쉼하고 다가와 또다시 아닌 척
너의 시선 바라본다

그랬듯 넌 아닌 척 씁쓸한 너의 미소
아련한 너의 눈망울이 너의 욕심이

이제는 너를 아프게 해
해마다 지는 너를 보면
마치 지나온 세월마다
지고 다시 피우고 하지 않았나

흐를수록 그리움만이 낙엽처럼 쌓이고
겹겹이 쌓아 자란 키만큼 쌓였을 때
아련한 눈망울이 주르륵 흘러내려

욕심 또한 겹겹이 쌓여
감당할 자신이 없어 아닌 척
애써 바라볼 수밖에 없는

발자취는 지는 낙엽을 닮아
하나씩 사연이 담긴
커다란 시계 테이프 같구나

박소연

꽃무릇 슬픈 사연 외 2편

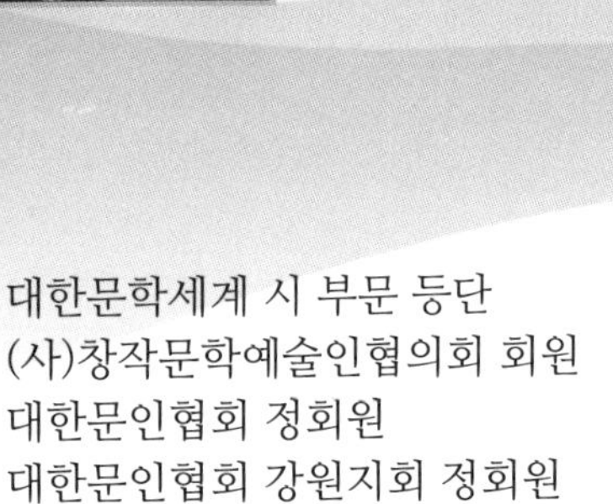

대한문학세계 시 부문 등단
(사)창작문학예술인협의회 회원
대한문인협회 정회원
대한문인협회 강원지회 정회원
문학 어울림 회원

〈수상〉
2017 한국문학 향토문학상 수상
시 자연에 걸리다 시화 참여
2018 한 줄시 장려상 수상

〈공저〉
내 마음의 풍경 동인집
2018. 5 금주의 시 선정
2018 한양문화예술대전 시화전 입선
인천역사 시화전 선정

꽃무릇 슬픈 사연

박소연

어둠 속에 묻힌 그대여
피우지 못한 사랑 앞에
나 홀로 애가 탄 가슴 동여맵니다

하늘에서 햇살이 내려오면
못다 한 사랑을 구름 사이에서라도
붉은 무릇으로 피워내렵니다

그대가 그립고 미치도록 보고 싶을 땐
붉은 눈물 삼키더라도
애처롭게 울어보렵니다
이 가슴 아파질 때까지 말입니다

씨앗 한번 맺지 못한 채
져 버린 그 자리에 피눈물을 떨구며
그리워하고 또 그리워도
눈물의 흔적 남기고 떠나보내렵니다

그대여 내 사랑 그대여
사랑하는 이내 마음 잊지 말아요
죽고, 또다시 태어나서도
끝내 이룰 수 없는 사랑일지언정
우리 아파하지 말아요.

그대에게서 오는 아침

박소연

동이 트면
새들이 지저귀는 소리가
아침을 깨웁니다

원으로 둘러싼 산허리 감고
불어오는 산들바람이 가슴 스치며
마음의 창을 두들깁니다

두타산 높은 봉에서
천기를 받은 오십천 물줄기 따라
내 마음 닮은 언어를 실어
바다로 흘려보내고 싶습니다

파란 하늘 뭉게구름 위에
장미꽃 한 송이 걸어 두고
꽃잎마다 그댈 생각 가득한
사랑의 향기로 채워 두겠습니다

바람에 꽃물결이 일렁이거든
한 마리의 나비가 되어
살포시 앉았다가는 임이
그대라고 믿겠습니다

그대는 별, 나는 달

박소연

톡, 톡
그대 잠들었나요
잠깐 창문을 열어 보세요

저기 별이
밤하늘 가르며
반짝반짝 빛나고 있어요

하늘을 봐봐요
별이 얼마나 예쁘고 반짝이는지
가끔, 먹구름이 끼어 앞을 가릴 때
너무 걱정하지 말아요

내가
그대를 훤히 밝혀 줄게요

이거 아시나요
내 가슴엔 그대 별이 들어와
숨 쉬고 있다는 것을

그러니
그 자리에 있어만 주세요
그대는 별, 나는 달
우린 서로 사랑하니깐요.

박정기

공무도하 외 2편

대한문학세계 시 부문 등단

(사)창작문학예술인협회 회원

대한문인협회 정회원

대한문인협회 광주전남지회 정회원

문학어울림 회원

공무도하

박정기

짠하게 어딘가 아려온다
허무한 세상 홀로 지킨 그 자리
허전함 쌓이고

보고 싶어 뒤척이다
미움 앞서면 한줄기 눈물
베개 가에 수를 놓아 초라한 팔자
한숨 뒤섞인 화 토한다

검은 머리 하얀 꽃 필 때까지
같이 가자 하더니
급하다 홀로 떠난 날
같이 가지 못하니

강 건너지 말라
그리 울고 울었건만
그대 떠나고

엄동설한 문풍지 우는 소리에
놀란 가슴 쓸어 내려

남 녘 따뜻한 봄 소식 들려오면
외로워 가을 떨어지는 낙엽
당신 모습 드리움에 울었소

이제 나도 강을 건너야 하나보다
그리운 당신 보고파.

허무

박정기

새벽이 열리면 비탈진 산허리
다랭이 논 일군다

작은 돌멩이 논두렁 밑단에 깔고
이마에 흐르는 땀방울
찰진 황토 짓이겨 희망 쌓던 곳

아버지 삶이 오롯이 녹아있던 다랭이
하늘이 노해 풍년 약속받지 못한
서러운 땅

고달픈 삶도 서글픔도 호사였지
참았던 눈물 손가락 마디마다
굳은살 되어
속 깊은 희망 영글던 곳

주인 떠난 자리 허물어진 두렁 가
개망초 무성히 피어
스치는 바람 소리
허공에 부서질 뿐 아무도 없다.

가을 애

박정기

바람이 데려간 그리움 하나
흔적 없이 사라지고

어슴푸레 떠오른 형상
뒷산 마루에 걸린
한 조각구름 붙잡아
그려본다

텅 빈 가슴 흩어진 낙엽
마음 둘 곳 없던 날

뽀얀 연기 그림자 주워 담아도
그대 어디에도 없네

휘~이 부는 바람
서걱 서걱 우는 소리 서럽다

구절초 아련한 내음
코끝 스칠 때
파고든 서늘함에
옷깃 여미며

처진 어깨 위
잎새 나부끼면
외로운 중년 눈가에
한줄기 서러움 서린다.

박정재

세월이 가면 외 2편

서울 거주
대한문학세계 시 부문 등단
(사)창작문학예술인협의회 회원
대한문인협회 정회원
대한문인협회 서울지회 정회원
문학 어울림 회원

세월이 가면

박정재

한세상
한눈팔 겨를 없이
달려왔는데
남는 것은
너와 나의 우정뿐이네.

여보게!
반복 또 반복해서
불러보지만
아쉽게도
허락된 시간이 다 가네.

세월이 가면
사라지는 정든 얼굴들
빈 허공에
손을 흔들어
환송의 인사를 할 뿐이네.

고향 가는 길

박정재

한적한 산길을 지나
잡초 우거진 들길을
터벅터벅 걷는 모습
세월의 흔적이 보이네

반기는 이도 없지만
마음 설레는 추억에
푸른 대지를 벗 삼아
그 옛날을 뒤돌아보네

진화하는 세상에 따라
변해버린 모습들이
눈 설게 보이는 것은
게으른 방문 탓이라네.

겨울의 공원

박정재

찾는 사람은 거의 없고
말라비틀어진 잡초가
얼어붙은 호수를 지키는
공원의 겨울은 고독하다.

갈색 가는 나뭇가지에는
나뭇잎은 보이지 않고
흩날리는 하얀 눈송이가
잠시 쉬는 것만 보인다.

물오리 가족이 놀고
물새가 잠수하던 저수지
하얀 눈이 덮인 얼음으로
모든 것을 가려 버렸다.

겨울이 지나가고 나면
온갖 야생화 다투어 피고
산책하는 사람으로 붐비는
푸른 공원으로 변신하겠지

박종태

세월 외 2편

충남 천안 거주

2017년 5월 계간 대한문학세계 시 부문 등단

(사)창작문학예술인협의회 회원

대한문인협회 정회원

대한문인협회 대전충청지회 정회원

어울림 동인지 참여

문학 어울림 운영위원

세월

박종태

가슴 한켠에 켜켜이 쌓여가는
추억의 편린들이
주상절리처럼 우뚝 서 있다

긴 한숨 부여잡고
돌고 돌아온 길
흰 머리칼 하나씩 늘리고
이마에 주름 하나씩
가로로 새겨가며

젊음의 눈물과
고독의 한숨 접어가며
열심히 달려온 길

세월의 흔적이
머리에 하얗게 내려앉고
이마엔 주름이
밭이랑을 이루는 지금

마주 선 거울에 비친
배 나온 저 한심한 남자

맞은편에 어깨를 늘어트린
낯선 반백의 남자가 서 있다

묻는다
당신 누구요.

어느 여름날 오후

박종태

햇살이 맑아 바람이
깨끗하게 다가서고
푸른 하늘에 뭉게구름이 손짓하니

개망초
무리 지어 하늘거리고
메꽃의 부끄러운 미소가
사랑스레 피어난다

솔바람이 놓고 간
당신 향기
커피 향보다 진하여
마냥 사랑스런 오후다.

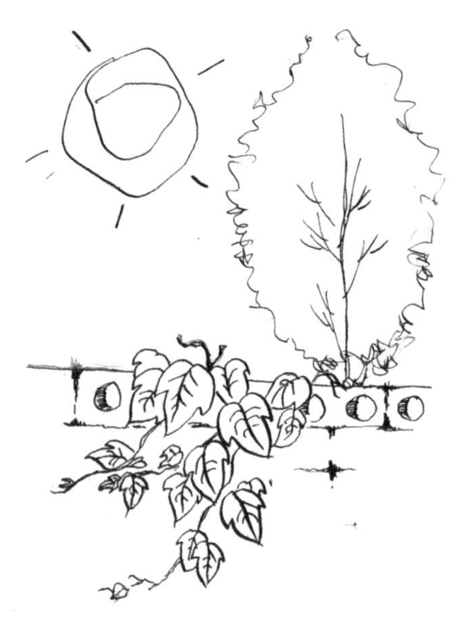

아침 풍경

박종태

산비둘기 소리가 아침을 깨우고
가늘게 늘어지는 풀벌레가
고요한 아침을 부른다

회색 구름 사이로
푸른빛 하늘이 반갑게 보이고
이슬 젖은 시골 아침의
코끝으로 스치는 가을 향기에
순백의 그리움이 마음을 두드린다

누렇게 고개 숙인 풍성한 벼들은
바쁜 농부의 일손을 기다리고
하늘 끝 갈바람 손길에
수줍게 피어난 코스모스가
오늘도 가을을 그리며
하늘거리는 몸짓으로 반기면

사랑 행복 희망의 열매
가슴 가득 부여안고
이 아침
부지런히 당신께로 나아갑니다

배영순

남산을 오르며 외 2편

경북 포항 출생

경주 향교부설 사회 교육원

경주 문예대학교 30기 수료

2017년 9월 월간 문학세계 등단

2018년 제 17회 전국 학생 일반백일장 및 서화대전 대상

문학 어울림 회원

남산을 오르며

배영순

남산의 맑은 혈류
산맥의 끈을 이어 휘감은 모습

숨 가쁘게 산허리에 올라서니
힘찬 정기와 기맥이 느껴진다

대자연과 예술의 조화
노천 박물관
남산의 신비로운 배경 속에
어느덧 주인공이 되어 있다

사방은 천혜의 숲속에 묻혀
속세의 연결고리마저 끊고
대자연의 품에 살아 숨 쉬며

갈바람에 실려 오는
산 내음 솔향
세월의 꽃을 피워내고 있다.

가을이 오면

배영순

사랑이 싹이 트고 추억은 꽃이 피고
그리움 만삭되니

가을빛 향기 찾아 가을바람 길 따라
코스모스 하늘하늘
가을로 가득 채워진 거리

알밤처럼 영글어
뚝뚝 떨어지는 사랑 추억
마음의 주머니에
하나씩 하나씩 주워 담으렵니다.

쉬엄쉬엄 걸어가요

배영순

젊음을 무기로 숨 가쁘게 달려온 길
촘촘히 짜인 생활에 흘린 땀
조금씩 닦아가면서 쉬엄쉬엄 걸어요

앞날에 놓인 계획
순번을 정하지 말고
삶의 물결 따라 헐렁한 마음 따라
조금씩 쉬어가면서 쉬엄쉬엄 걸어요

남들보다 조금 앞서가도 하루 세끼
남들보다 조금 뒤 서가도 하루 세끼

빈 몸으로 왔다 빈 몸으로 가는 인생
여유로운 마음으로 쉬엄쉬엄 걸어가요.

서 대 범

비보이 (춤꾼) 외 2편

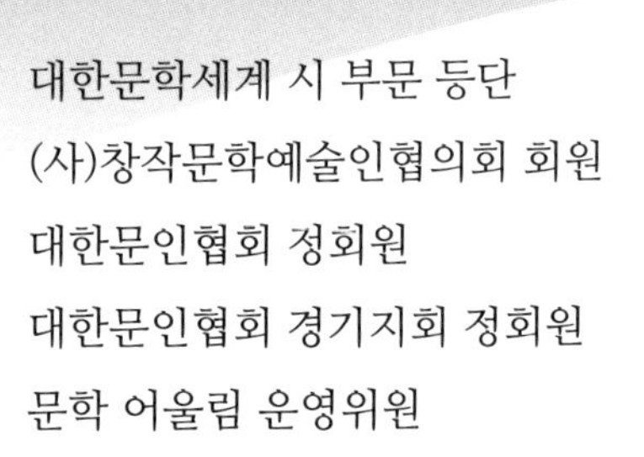

대한문학세계 시 부문 등단

(사)창작문학예술인협의회 회원

대한문인협회 정회원

대한문인협회 경기지회 정회원

문학 어울림 운영위원

비보이 (춤꾼)

서대범

천지를 흔들고 싶었다
내가 돌고
내가 주인공이 되고 싶었다

광장
공작새의 화려함
내가 빌렸어
굉음의 우주
네가 듣지 못함을
내가 들었어
세상을 본 거야

난 최고야
우주를 거꾸로 돌린
나
비보이
뛰어들고 싶었다.

노을과 고깃배

서대범

노을을 닮고 싶어
한자리에 한참 서 있었다.

석양을 받은 작은 고깃배
내처럼 쉬지 않은
항해를 했겠지
머물러있는 순간순간이
행복이었고
잔잔한 일렁거림 속 사랑
거센 풍파를 이긴 세월
석양에 묻혔네

평화

내 늙으면 저리
아름다워지고 싶어
고운 빛 나를
금빛 가득 차게

나
늙으면 저리 고요해지고 싶어
밝은 석양빛 가득 받고 싶어
고요히 아주 잠잠히

詩 예쁜 색을 보면
네가 생각나

서대범

아침 유리창
밝은색이 어둠 뚫고 오면
간밤의 먼 번뇌
네가 생각나

해바라기 노랑색
고개 숙인 상념
웅얼거리는 언어 토해내는
삼라만상 모든 색

오욕칠정(五欲七情)에도
생(生) 또 회한(悔恨)
찬란한 여름
빛에 머물다.

항상 들려오는 언어
쓰고 있는 글
단어마다 색
흑색 백색 예쁜 무지개
붉은색 가득한
뜨거움의 팔월

예쁜 색을 보면
네가 생각나.

손경훈

교사의 기도 외 2편

텃밭문학회 회장
한맥문학 동인회 부회장
한국문인협회회원, 곡성지부회원
대한영상문인협회팬클럽회장
월간 한맥문학동인회 부회장
문학 어울림 고문

텃밭 문학상 수상
텃밭 동인지 2,3,4,5,6,7,8,9,10호 공저

교사의 기도

손경훈

아직은 어린 새싹이지만
한 그루 나무가 될 때까지
사랑으로 물주며
한 송이 꽃으로 피어나니 행복합니다.
가르치는 일은 어려워도
늘 배움의 시작임을 알기에
오늘도 최선을 다하는 날이 되게 하소서
너그럽고 포근한 가슴이고
아픔과 약함을 채워주고 같이하는 마음으로
눈을 보며 귀담아 듣는
친구가 되게 하소서

잘못을 나무라고 조언하는 교사
참고 기다리며 용서 할 줄 아는 교사
언제나 미소로 맞이하는 교사
늘 기도로
행동으로 말하는 교사 되게 하소서
한 생명 천하보다 귀하다는 말씀
날마다 새기며 현재에 만족하지 않고
미래를 꿈꾸며
사랑으로 고운 꽃 피어나는 기쁨으로
감사하게 하소서

함께 하고 같은 꿈을 꾸고
희망을 가꿀 수 있어 감사합니다.

넘치는 은혜의 바다에서
감사하고 사랑하며 눈물로 지새운 밤
당신의 숲속에서
영글어가는 열매를 줍는
농부의 농심으로 살게 하소서

무심히 피는 꽃의 말하기를

손경훈

메마른 가지에서 아름다운 꽃이 피고
고운 빛깔 은은한 향기 피어나니
때를 따라 피어나고 있을 자리 있을 뿐이나
그것은 우주의 조화

아름다운 꽃일수록
무심히 피고 소리 없이 진다

우리네 사는 곳은
왜 이리 시끄럽고 거칠는지…….

눈에 잘 띄는 곳에 피는 꽃이
배우라 하네,
보고 배우라 하네,
묵묵히 피고 지는 자연의 신비와 조화를…….

기다림

손경훈

기다림은 희망의 다른 이름
바람과 기대를 품고
무엇인가 준비하는 일

기다리고 있다는 것은
내가 살아 있다는 증거

가만히 있는 몸을 떠나
먼 세상을 탐험하는 마음

숭숭 뚫린 시간의 공백을
하나하나 막아가는 걸음을 타고
미래를 희망하는 마음.

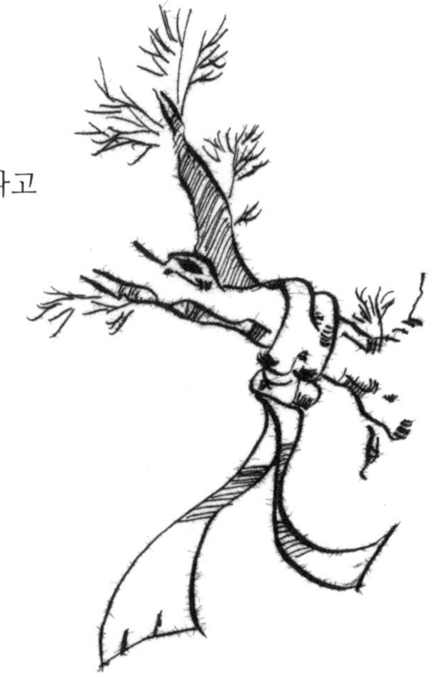

손해진

산도지 여래(山道之如來) 외 2편

대한문학세계 시 부문 등단

(사)창작문학예술인협의회 회원

대한문인협회 정회원

대한문인협회 대전충청지회 정회원

문학 어울림 운영위원

한국방송통신대 법학과 1학년 재학중

미술심리상담사

청소년심리상담사

학교폭력예방상담사

한국법무보호복지공단충남지부천안보호위원회보호위원

대전지방교정청장상수상 2018년 4월 6일

산도지 여래(山道之如來)

손해진

거대한 산악
능선 따라 오르면
그곳엔 네가

품고 품으며
돌아가는 인생길
산도지 여래(山道之如來)

뜨거운 차향
날아가는 운무는
그리움 한 점

내딛는 발길
걸음마다 설레임
봄은 네 품에

---

*산도지 여래(山道之如來) : 산길의 진리
*여래(山道之如來) : 석가모니, 진리, 진리에서 온 자,
진리에 이른 자, 진리에 머무는 자

M.에베레스트

가을 사랑

손해진

깊어가는 시간

세상은 온통
황금빛으로 물든다

그대가 남긴 한마디도
이제, 짙은 바람을 쐰 후
밤새 이슬을 맞고
붉은색을 덧입었다

처연한 하늘빛이 고와
계절은 점점 더 익어만 가고

나의 사랑도
성숙을 향한 몸부림에 겨워
한숨을 고르며
눈물을 떨군다

그대 입술에 묻어 난
이 가을이 내 손끝에서
성큼 거리고 있다.

하늘길

손해진

길을 간다

삶의 열정들을 진하게 담아낸
걸음들을 모아
한 올의 실을 켠다

비단처럼 일렁이며
숲속에, 강가에, 언덕에, 바다에
그리고 호수의 수면 위로
그려지는 실오라기

너의 굳은 침묵은
아름다움을 향한 이상,
열정과 생존

꿈꾸는 환상과 대지 위에
그려가는 찬란한 마침표.

사랑은 말없이 뇌리를 스쳐 가고
운명은 시곗바늘 같은
촌각을 일그러뜨린다

나의 이마에 맺힌 땀방울이
소리 없이 눈물짓고

그대 마음 언저리에 놓인
발자국은 갈 곳 잃은 대양에
우뚝 그림자를 세운다

밤을 지새우고
새벽을 넘어 솟구쳐 오르는
천조의 날갯짓으로

심경숙

고추 외 2편

대한문학세계 시 부문 등단

(사)창작문학예술인협의회 회원

대한문인협회 정회원

대한문인협회 강원지회 정회원

문학 어울림 회원

고추

심경숙

뜨거운 햇살을 품고
하우스 속에서 사랑했나 봐

바구니에 붉어진 사랑 가득 담아
홑이불 씌워 재웠다가 목욕시켰다
농부의 손길은 바빠진다

곱게 단장한 사랑
건조기에서 마른 고추 되었네

툇마루에 빨갛게 널어놓고
고운 몸매 더듬으니
토라졌는가 매운맛 보여 준다

꼭지 떼어내니 작은 구멍으로
쏟아지는 황금 시어들

햇살과 뜨거운 바람으로
농부의 정성은 가을볕에 남겨두고
고운 몸 부서지며 물 들어갈 사랑아

땅콩

심경숙

땅속에 한 톨 묻어 두었더니
노란 꽃 앙증스럽게 피어
그리움의 꽃말처럼 예쁘다

땅속 여행 오 개월 마치고
와르르 내게 오던 날
알토란 같은 하얀 생을 보았고

단단한 껍질 속에 나란히 누워
오동통 빨간 몸매 보여주며
영양 가득 담은 고소함이 느껴진다

땅콩과 함께했던 굼벵이도
그 모습 닮아가려는지 토실한 몸을
기지개를 펴는지 꿈틀거린다

엄마는 요리사가 되어
아빠 술안주
손주들 심심할 때 먹는
간식으로 거듭나리라.

추억이 있는 춘천으로

심경숙

달려보자
단풍 곱게 물든 호반의 도시
아련한 추억이 있을 이곳 춘천

삼악산 올라가
배낭에 넣어둔 추억을 되새기며
지나온 삶과 힘겨움 모두 내려놓고

가을의 정취와 대자연의 품속에서
세월을 잊고 사는 나이테만큼
알록달록 물드는 단풍에 녹아들자

강촌에 뜰 바라보며
젊은 날의 추억도 꺼내어 놓고
익어가는 들녘을 품어보자

구곡폭포의 산책길
아름답고 예쁜 풍경을 가슴에 담고
닭갈비가 기다리는 춘천
구석구석에 웃음 보따리 풀어보자.

안태현

꽃 외 2편

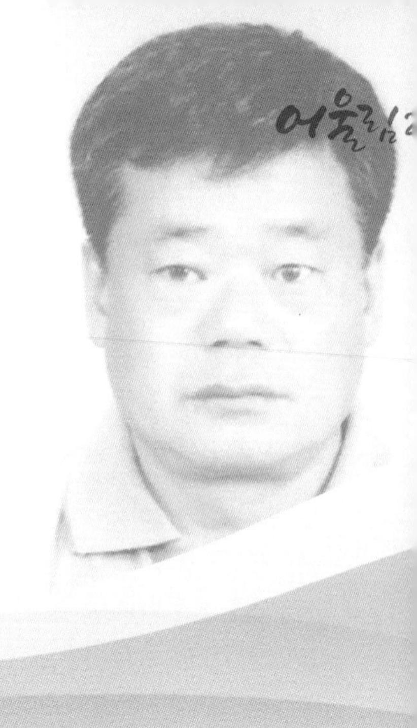

대한문학세계 시 부문 등단
(사)창작문학예술인협의회 회원
대한문인협회 정회원
대한문인협회 경기지회 정회원
문학 어울림 회원

꽃

안태현

누군가 끝없이 눈물지어 준 사람
밤은 하늘에서 놀고
꿈은 구름과 같이 여럿이
孤獨(고독)은 쉬고 싶다

꽃의 化(화)
昇華 된 結實(결실)
달콤한
구름, 모여들어 춤춘다

해서,
나누고픈
긴 이야기.

거리의 징검다리

안태현

별이 맑다 눈이 맑다. 날은 차가운데
걷는 걸음은 손 깊숙이 주머니에 넣고
따스함을 찾아 드는데
떨고 있는 마음에 정을 받는다

아프다. 그리고 비명
무관심에 행인들 거기엔
고독의 늪인 휘휘 내 젓는
네온사인의 유혹에 젖어 드는데
주정뱅이의 보도블록 붉은빛이
어지럽게 놓여 있다

눈도 맑은데 별도 맑은데
휘 둥그레 뜬 달이 처연히 바라본다
거리의 징검다리 위.

겨울 달

안태현

둥근달은 밝다. 둥근달은 고깔을 쓰고
냉기(冷氣) 가득한 바람을 일으킨다.

옷매무새 여미는 걸음에 나열(羅列)
또박또박 낙인(烙印)을 찍어 내고
직인(職印)이라는 나의 이름을 불러준다.

덩달아 시린 눈, 별빛에 자자 젊은
여미는 옷깃 새 그리움을 불러내고
쓰러진 낙엽(落葉)의 무덤에
꿈이라고 불러내는 그 아늑함이여

고깔이 젖어지도록 웃음소리
창밖 너머 가로등, 불빛 아래 모일 때면
걸인(乞人) 된 단풍의 애절한 고백
구름, 사이로 움켜 진 손 고이 펴 포옹한다

거기에 길고양이 화들짝 놀라 뛰어 달아나고
행인의 긴 그림자에 나열(羅列)된 도로의
정적에 잠재우고 수 없는 발자국의
소리 없는 애증(愛憎)의 잔영

벽을 뛰어넘으려는 소망(所望)의 눈, 번뜩인다
거기에 살아 있는 허상(虛像)
또 다른 이름을 불러 준다.

오수경

해안가에서 본 천국 노을 외 2편

대한문학세계 시 부문 등단
(사)창작문학예술인협의회 회원
대한문인협회 정회원
대한문인협회 광주전남지회 정회원
문학 어울림 회원
현)초등교사

해안가에서 본 천국 노을

오수경

한 무리 회색빛 새들의 행렬
하늘 구름 집으로 향하고
푸른 꿈의 작은 배들은 춤추고

빽빽한 소나무 그늘진 해변
저 멀리 검푸른 바다에
억겁으로 탄생한 섬들 사이

천국 문이 열린 노을빛은
흰 구름들을 가르며
붉은 띠로 휘장을 두른다.

아 얼마나 아름다운 광경인가?
마주 보며 꼭 잡은 손의 친구는
천국에서 온 나의 천사

에메랄드빛 인생

오수경

어진 사람은 산을 좋아하고
지혜로운 사람은 바다를 좋아한다고 한다.

산에서 깨달은 바는
인내하고 또 인내하기를 배웠고

바다는 쌓이고 쌓여
가슴을 짓누르고 있던
여러 감정을 씻겨 줄 뿐만 아니라
그 자리에
새로운 꿈과 희망을 불어넣었다.

삶의 희로애락을 감당하면서
각자의 길을 열심히 가고 있는
우리네 인생아

작은 포말 같은 일상의 고통부터
큰 파도처럼 일어나는 인생의 고뇌를
지혜롭고 어질게 승화시키면서
아름다운 에메랄드빛으로
삶을 예쁘게 채색해 나간다면
소소한 행복이 나에게도 찾아오리라.

끝없는 사랑(Endless Love)

오수경

태고의 신비
영혼으로 피어올라
잠잠하던 강물
불빛으로 타오른다

내 심장과
너의 심장이
하나 되어

무언의 심혼 곡
사랑으로
연주되리.

오승한

수문 외 2편

인천 거주

2016년 10월 대한문인협회 시 부문 등단

(사)창작문학예술인협의회 회원

대한문인협회 정회원

2018년 대한문인협회 인천지회 지회장(현)

2017년 12월 한국문학 발전상 수상

2018 대한문인협회 이달의 시인 선정 및 금주의 시 선정

2018년 명인명시 특선시인 및 기타 여러 동인지 공저

문학 어울림 회원

수문

오승한

호수에 갇힌 잔잔한 물결
뭉게구름을 담았다
찰랑대며 차오른 그리움이
수문을 열었네

한가로운 행복을 즐기던
에메랄드빛 사연은 부서져
하얀 포말로 사라져간다

텅 비어버린 호수는 바닥을 보이고
쩍쩍 갈라진 바닥엔
물고기 시체들이 나뒹구네

부서진 마음처럼
알알이 떨어지는 빗물을
이젠 다시 가두지 않으리라

뜬구름이 열어놓은 수문 앞에
헤엄치며 즐겁던
물고기 무덤을 만든다.

진눈깨비 사랑

오승한

그대는 아직도 거기 있네요
풀잎이 싱그러운 그곳에서
파란 청춘을 줍고 있나요.

녹고 마는 진눈깨비 사랑에
말없이 돌아선 채,
풀잎에 붙어있는 너절한 사랑을
한 닢 한 닢 줍고 있었다.

초록 잎 무성해지고 꽃잎 떨어지면,
눈 내린 날 기억은 남아 그립겠지요.

계절이 가고 눈 내리면,
그리움 순백 위에
빨갛게 새겨 주세요

뜨겁게 내리는 햇살도 외로워,
눈 내리던 겨울을 남겨둡니다.

바보

오승한

아침이 오듯
이렇게 오는 봄을
애태워 기다렸나

낙엽 지듯
저렇게 가는 겨울
그렇게도 구박했네

시간이 지나면 오고
오는 날 있으면 가는 걸
기다리지 못한 내가 바보야

내 품 안에 있는데,
갈 것을 아파하니
아직도 나는 바보야

유은정

너를 보내는 연습 외 2편

부산 거주

대한문학세계 시, 동시 부문 등단

(사)창작문학예술인협의회 회원

대한문인협회 정회원

대한문인협회 부산지회 정회원

문학 어울림 회원

너를 보내는 연습

유은정

종이학을 완성하듯 보내기로 한다
밤새 내린 비가
침대 하얀 천 위에 뿌리고 간 뒤
굽은 능선 동백꽃 언덕을 넘어가는 운전기사
버스 바퀴에 사그락대는 낙엽처럼
비로소 울음 삼키고 보내기로 한다

가슴 저린 생이별의 시간도 있었다
사계절을 동고동락한 빨간 장미처럼
그런 날들을 내게서 빼앗아 가져갔다
사랑의 오해만큼
사랑의 날들은 오래 곪아
자국을 남기게 하는 거다

다만 사랑 아닌 것으로
질투란 이기심으로 바꿔 날을 세우고
그런 상처들로 모든 추억은 찢어져 버렸다

그러므로 이제 깊이 숨겨 두기로 한다
마지막 술잔을 비우고
원망을 내려놓은 사람처럼
눈을 감고 상여 위에 노래하는 고혼청처럼.

고혼정 : 영혼을 부르는 소리

가을 이야기

유은정

볕이 잘 드는 남쪽으로 창을 연다

산새가 이야기를 풀어 놓은 나무 위에
여름 한 철 놀다 가며 흔적 지우고
하늘거리는 커튼이
예쁜 너의 집에 내 창문도 걸어 둔다

초록 잎이 빨갛게 불꽃으로 피어오르고
사그락대는 소리가 큰 울림으로
가을 내음에 빠져든다

눈부시게 비추는 태양은
한껏 숲을 감싸고
한올 한올 삯바느질하며
집 단장에 분주하다

작은 다락방 남쪽 창가에 볕이 든다.

중년

유은정

고양이가 돌아오는 새벽
충혈된 눈은 담벼락에 걸린
달에게 어깨를 내려놓고
그 옆에 앉는다

이미 궁기는 삭아졌지만
오물을 토하며, 가로등에
등을 비벼댄다

이 마음의 비린내는 어쩌나?

고개 들어 전깃줄에 걸린
달의 창문을 열고
접시 하나를 건넨다

오늘 밤에는 쟁반에 수북하니
껍질만 올려놓는다.

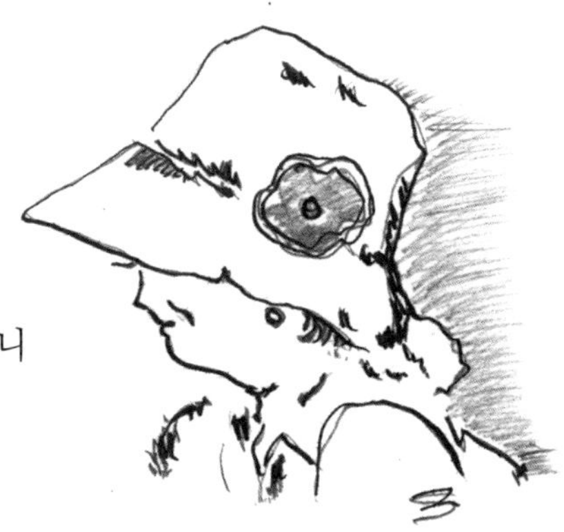

윤석광

서민 외 2편

대한문학세계 시 부문 등단
(사)창작문학예술인협의회 회원
대한문인협회 정회원
대한문인협회 대전충청지회 정회원
문학 어울림 운영위원

서민

윤석광

푸른 강 삼킨 하늘
티 하나 없이
코발트 유채색 엎질러 놓았다

가슴 서리게 부는 찬바람
저공비행 고추잠자리
하늘 끝으로 날려 보내고

붉게 물들어가는 단풍잎
아침이슬에
불그스레한 눈물이 그렁그렁

하늘거리는 코스모스
푸른 하늘빛을 머금고
가느다란 허리만 살랑살랑

가을 수채화

윤석광

갈바람 메마르게 불어와
눈물마저 갈대밭에 뿌려놓고
하얀 머리칼 살랑이게 만드네

뛰놀던 양 떼들은 가버리고
하늘빛에 멍 자국만 퍼져가는
그리움에 목이 멘 들국화

따스한 햇볕을 받으며
긴 그림자로 님을 찾아가는
알알이 추억을 품은 해바라기

아직도 뜨거운 사랑을 기다리며
담장 너머 얼굴 내민
불그스레한 장미에 입술

붉게 물들 단풍잎 떨구며
다 주고 떠나가련다.
당신을 위한 길이라면 낙엽

가을빛

윤석광

낙엽 위에 내린 하얀 서리
밟고 간 발자취는
당신에 발자국입니까

들국화 푸른 물이 진하게
물들은 꽃잎은
나의 그리움입니다

서릿발 방울방울 녹이는
햇살은 당신을 향한
나의 뜨거운 고백입니다

층층이 쌓인 비늘구름 사이
쌓이고 쌓인 사연들은
아무도 모르는 우리에 추억

가을볕에 모든 것이 원색을
잊어버리고 빛바랜다고 해도
나의 마음은 변하지 않습니다

점 하나 없는 푸르른 하늘에
써 내려가는 나의 자서전
그대와 같이 노을빛 물들여 봐요

이도연

돌탑 외 2편

대한문학세계 시 부문 등단
(사)창작문학예술인협의회 회원
대한문인협회 정회원
대한문인협회 인천지회 기획국장
문학 어울림 운영위원
KT 팀장 근무(전)
재능대학교 특임교수
㈜하나이엔디 경영지원부 이사
대한문인협회 짧은 시 짓기 은상
인천 향토 문학상 동상

돌탑

이도연

바람이 옷깃을 잡아끄는 산비탈

커다란 삶의 질곡처럼 엉키고
뒤섞인 돌들
딱딱한 질감의 어깨를 결박하고
무덤 되어 쌓여있다

돌무더기 위
엇각의 모순에 기대여
완벽한 중심을 잡고
하나둘 쌓아 올린 돌탑들
딱딱한 돌탑에 스민 사연은
간절하고 경건하다

세찬 바람이 불면 헐렁한 돌탑
관절의 마디가 위태롭고
온몸에서 소멸하는 탈진 감으로
다양한 사연과
소망의 탑들이 무너져 내리면

돌탑은 돌무덤 일부가 되고
또다시 일상이 되며
돌무덤에는 누군가의 사연이
또다시 쌓이리라

위선

이도연

도덕적 오만이 나를 가두면
끓어오르는 분노가
달구어진 길 위를 지나고

허전한 허기를 채우기 위한
육신의 갈증이
기억 속 어두운
심연의 세계로 침몰한다

위선의 순간이
그림자처럼 지나가면
가면 쓴 내면의 순간은
베일 속
양심의 허기를 뒤흔들고

위선의 얼굴이
달빛의 그림자로
내면을 비추면
정오의 태양은 구름 속
그림자 뒤로 몸을 감추어

산봉우리에
메아리치다 지쳐 쓰러져 가는
사람은 그렇게 저물어간다.

애상

이도연

물빛 빈 하늘을
도화지 삼아
수많은 밤을 접어 비행기를 만들지만

날릴 수 없는 것은
애달픈 손끝 멀리
존재하는 당신이기에

구겨진 종이비행기만
하얀 밤 지새워
쉼 없이 접기 때문입니다

오늘도 날리지 못한
구겨진 상처만
발밑에
수북이 쌓여 갑니다.

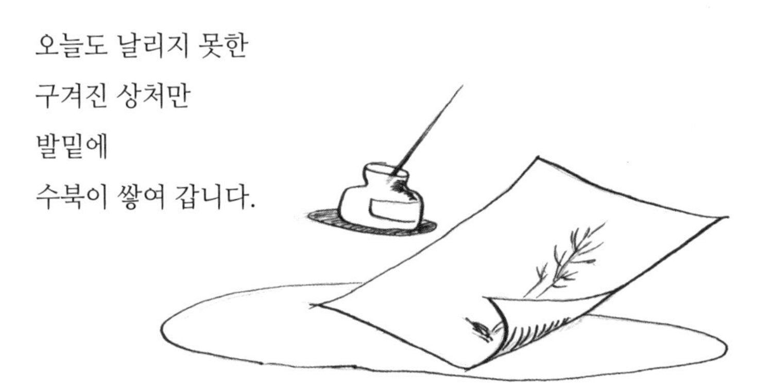

이명희

자아 반추 외 2편

제주 거주
대한문학세계 시 부문 등단
(사)창작문학예술인협의회 회원
대한문인협회 정회원
대한문인협회 제주지회 정회원
문학 어울림 운영위원

자아 반추

이명희

가슴을 용광로처럼 불을 사른 내 마음속의 여름
땀으로 뒤범벅되어 심신은 천금 만금이었다

시간의 흐름은 싸늘한 바람이 되어
내 주위를 뱅뱅 돌아 손발이 시리고
따스한 온돌방 같은 정이 그리워진다.

내 가슴의 계절은 가을 문지방을 넘어서
홀로 뒤척이는 한밤중에 풀벌레 울음소리에
더욱 고독해지는 시간 속으로 빠져든다

깊어가는 외로움 속에서 서성이는데
화단에 피어 있는 꽃을 보아도 슬프고
꽃잎이 시들어 버린 모습에서
눈물이 흘러내린다.

어느새 인생이란 반 고갯길 넘어서고
삶이란 언저리에서 파도처럼 밀려오는
노을 위에서 떠도는 가을바람 같다

이제는 새로운 계절의 길을 찾아 나서야겠다.
스스로 내가 갈 수 있는 거리를 재고
오뚝이처럼 일어나 잡초같이
밟아도 다시 일어나는 생명력으로
차분히 나를 반추한다.

해후

이명희

이렇게 가만히 있을 때면
달려가고 싶은 마음이 간절합니다.

내가 할 수 있는 것
말할 수도 없고 이렇게나마
그리워하는 마음뿐입니다.

그대만 생각하면 하염없이
가슴이 먹먹해 오며
눈물이 흘러내립니다.

하늘 아래 당신이 살아가 계신
그 자체만이 하나만으로
소중할 뿐이면 행복합니다.

우리가 만날 수 없는
운명이라 하지라도 욕심내지도
않으면 가만히 바라라 보겠습니다.

이승에 맺지 못할 인연이라면
다시 태어나면 그 인연이
당신이었으면 합니다.

아! 장미다

이명희

비 오는 날 쉴 새 없이 눈물을
흐르고 빨간 너의 정열에
넘친 마력을 염탐해 본다.

셔터를 누르면 핀을 맞추면서
뒤에 백을 살리고 뚜렷하고
세밀하게 하나도 놓치지 않고
완벽하게 예술로 탈바꿈한다.

장미는 붉다 못해 피를
토해내는 것처럼 그림이라면
넘실거리는 애간장을 녹인다.

이젠 장미가 절규하는 유월은
가고 능소화가 노래하는 장마가
왔다. 아쉬운 작별, 장미는 전설이
되어 눈물을 흘리면, 바람에 낙화한다

이 민 숙

잊히지 않은 얼굴 외 2편

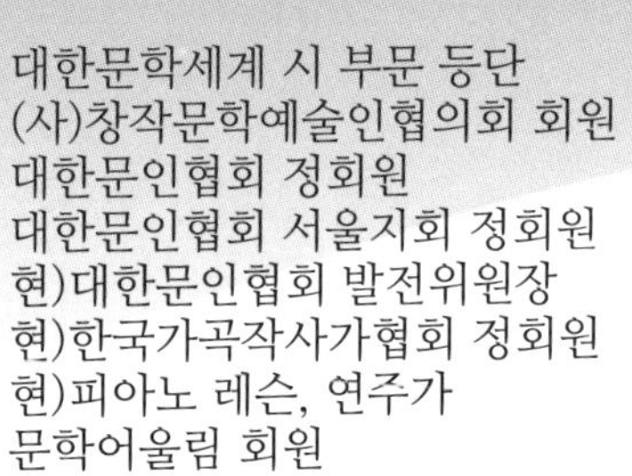

대한문학세계 시 부문 등단
(사)창작문학예술인협의회 회원
대한문인협회 정회원
대한문인협회 서울지회 정회원
현)대한문인협회 발전위원장
현)한국가곡작사가협회 정회원
현)피아노 레슨, 연주가
문학어울림 회원

대한문인협회 금주의 시 선정
좋은 시 선정
순 우리말 글짓기 은상 수상
이달의 시인 선정
명인명시 특선 시인선 선정
한국문화 예술인 금상 수상
서울시의장상 수상(지역발전상)
강동구청장상 수상(자원봉사 단체상)

〈시집〉 "힘이 되는 당신이 참 좋습니다" 출간
〈공저〉
들꽃처럼 3집 / 시는 노래가 되어 26집
2018년 명시선 / 마음의 평안을 주는 시집 / 신문예 제94호

잊히지 않은 얼굴

이민숙

통통하게 살찐 햇살
갉아먹던 노을빛 석양
뉘엿뉘엿 하루를 밀어내고

뭇별들이 내려앉은
비밀스러운 밤바다에
금빛 선을 긋고 떨어져 내리는
별똥별 꼬리 쫒아가는 눈동자

일렁이며 달려온 파도
술렁대는 소리에
안면도에 상쾌한 밤바람
포물선을 따라 걷노라면
콧노래가 가만가만 얹힌다

불쑥 그리운 그대
속절없이 쏴~밀려와
캄캄한 바다에 유영한다

흙빛 어둠을 갈라 피운
잊히지 않은 얼굴
구만리나 밀쳐놓아
따라올 리 만무한데

달려오는 파도에도
밤하늘 별빛에도
무턱대고 들어있다.

눈꽃 사랑

이민숙

날개 없는 그리움이
눈꽃 되어 내리네

꼬리를 감추는 그대는
얼마나 더 내리고 내려야
하얀 꽃송이로 피어나고 피어날까

회색빛 하늘에
술렁술렁 날아다니는 그대 얼굴
소복소복 쌓이는
그대 모습 그대 모습

하염없이 내리는 사랑이여
나빌레라 나빌레라
더없이 맑아지는 그대 생각
끝없이 보고 싶은 그대 얼굴

나폴 나폴 하얀 나비 되어
사방으로 퍼져 퍼져가네
순백의 내 사랑이여
그리운 내 사랑이여

외로움

이민숙

외로움 싫어
떨쳐 보려 해도
빈틈 찾아 스며옵니다

그 덩어리
사그라드는 듯 하나
슬며시 돌아보면
마음길을 타고
스멀스멀 커지고 있습니다

마음의 문은 빗장을 채우고
눈을 감아보아도
어두움 속에서
그림자처럼 따라옵니다

이 덩어리 어쩌면 좋을까
창을 활짝 열어 빗줄기에
씻어 볼까 하고 손을 뻗어봅니다

손바닥에 빗물 따라
떨어져 내리는
외로움의 잔상들

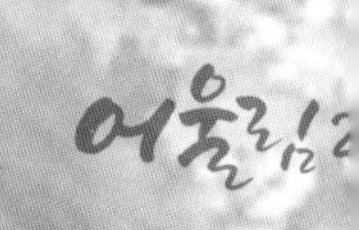

이승연

피아노 소녀 외 2편

韓脈文學 2016年 8月詩부문 新人상 수상

2017年 8年 텃밭 文學會 운영이사

民主文學 공저 2018년 운영이사

어울림문학 회원

시인 피아니스트 가수모임 회원

시혜 이승연 글발 리더

前職敎事 직업 現 피아노 강사

텃밭 동인지 외 여러 동인지 공저

피아노 소녀

이승연

찬란하고 아름다운 달빛 드리워진
그 작은 창가에 놓인
피아노를 치는 작고 귀여운 소녀여

창가로 스며드는 화사한 봄
바람에 황금빛 긴 머리와
새하얀 드레스를 나부끼며

슈베르트의 세레나데를 연주하는
피아노 소녀여 긴 머리 금발의 소녀여

나의 가슴을 적시는 그 소리에
나는 나는 어젯밤에도

너의 손을 잡고 환하게 웃는 얼굴로
마주 보며 무지개 뜨는
은하수 길을 걷고
또 거니는 아름다운
꿈을 꾸었단다

소녀여 소녀여 꿈속에 보인
작고 귀여운 피아노 소녀여!

詩人의 마음

이승연

살포시 하얀 눈의 옥토에
하얀 색칠을 하고 있다

새하얀 순백의 도화지에
너와 나의 詩를 쓰고 있다
곱디고운 사랑의 詩를

아름다운 詩가 행여나 갈바람에
스치면 지워질까
너의 가슴에 詩를 쓰련다.

너와 나의 사랑의 詩 앵두꽃 같은
연분홍 사랑을 새겨서
네 가슴에 물들이고 싶다
행여나 갈바람에

흔적도 없이 사라져 없어질 詩가
아닌 너의 가슴에 남아
영원히 지워지지 않을

사랑의 詩 그런 詩를 쓰련다.
내 사랑 너를 위하여.

사랑의 속삭임

이승연

연분홍 가슴속에 글을 쓰고
조약돌마다 글을 새기며
하얀 종이에다 글을 써서

향기로운 봄바람에 실어
그대 창가에 전하고 싶네

파아란 싹이 트고
진달래 향기 그윽한 그곳

산 넘고 물 건너 그 어디일까?
들소들이 노닐고
노루 사슴이 뛰노는 곳일까

흰 구름 두둥실
언덕 위 초가집일까

아름다운 피아노 선율에
그대 그리는 노래
띄워 보냅니다.

따스한 봄날에 꽃같이 아름답게
피는 그대 모습이여
그리운 사랑의 속삭임
변할 수 있을까?

이 연 종

벼 이삭 화음 외 2편

호 수미(水味)

충남 아산 출생

강남문인협회 정회원

문학 어울림 회원

벼 이삭 화음

이연종

비바람 맞서 버텨온 세월
알알이 엮어 맺힌 사랑
미수의 얽힌 맹세

햇살 머금어
밤낮없이 손 젓는 허수아비
지킨 만큼 노란 황금 물결

영글고 커지는 세월 따라
하고픈 얘기 많으나 고개 숙인 채
묵묵히 지켜낸 배 불림

넉넉한 인심 닮아
두둑해진 주머니 속
아버지 손길 매무새

들녘은 폭염 더위 이겨
가을바람 화음에 맞춰
소리 없이 영글고

시어미 보따리

이연종

옹기종기 도란도란
송편에 둥근달이 떴다

긴 얘기 품지 못하고
거미줄에 걸린 항아리 속
세월만 담겨 있다

빛을 내어주고는
바스락 소리
추석 따라 강은 흐른다

해진 보자기에 두둥실 띄워
바람과 함께
시렁에 걸쳐 놓는다.

쏟아라. 보슬비야

이연종

숨기고 싶다
누구의 뒷자락에

내 마음 읽었나
보슬비가 내려온다

모자로 가릴까
나뭇잎으로 덮을까

내리는 비
찢어지게 부어지길

드러난 그리움
시원하게 손잡아주오

오늘만은
취하고 마시고 싶다.

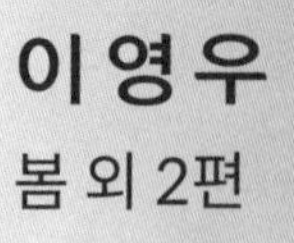

이영우

봄 외 2편

아호 : 시지야(是知也)

전남 구례 출생

항공과학고등학교 13기 졸업

한국국제대학교 21회 졸업(진주)

공군 원사 전역

문예사조 등단

한국통일문인협회 정회원

통일정책연구원 전문교수

한민족사중앙연구회 지회장

문학 어울림 회원

봄

이영우

봄
황토물에
희망이 피어난다

홍매화
붉은 입술을 열고
깽깽이풀
여린 꽃을 피우고

우둠지 걸린
정월 보름달 보며
달집을 태우는 소원들이

참한
그대 닮은
이쁜 봄을 낳았다.

연필

이영우

흑심을 품고
살을 깎는 아픔으로

희망을 꿈꾸는
이파리 하나 그리고
참새와 사랑하는
허수아비 하나 그리다

철학이 숨 쉬는 삶
심리가 파도치는 삶

심이 닳고 닳아도
볼펜 지팡이를 의지해
활활 불타오르던 너

영원한 나의 사랑아!

하늘이 운다

이영우

동틀 무렵
하늘이 운다

미친 늑대 울음에
폭탄 터지는 소리로
사무친 그리움 달랜다

소용돌이치는 마음을
우르르 쾅
빛나는 광채로 달랜다

그리고
비 내리는 풍경화
고요한 아침이 왔다.

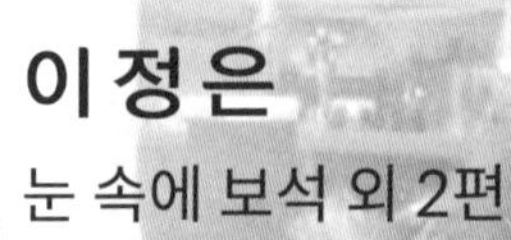

이정은

눈 속에 보석 외 2편

대한문학세계 시 부문 등단

(사)창작문학예술인협의회 회원

대한문인협회 정회원

대한문인협회 경기지회 정회원

문학 어울림 회원

눈 속에 보석

이정은

초롱초롱 생기 도는 눈동자
촉촉한 눈방울 반짝반짝 빛나고

순간포착이라도 하듯
맑디맑은 눈 속에 담고

차곡차곡 고운 눈에 자연을 담고
한컷 한컷 그림으로 담아낸다

내 안에 간직하려 함이라
눈 방울 속에 소중함을 담는다

그렇게 내 눈에 담는다
소중한 보물 간직하듯이

가을 이별

이정은

너는 가려 하고
나는 가는 너를 잡고 싶다
가려면 그냥이나 가지
어찌하여 그리 단장해 가며 가는가

소리 없이 살금살금 조금씩
고운 빛 뿌려놓고
유유히 가고만 있어라

올 때는 소리 없이 오고
갈 때는 온갖 향기마저 뿌리며
한 폭의 그림을 그려 놓으며 가네

가을날 고운 빛 새색시 부끄럼 타듯
올 듯 말듯 가을 여행 시작하더니
이제는 떠나가고 있어라
흔적을 남기며

뒤돌아보려 마는 보지도 않고 떠남까지도
너는 그렇게 아름답게 베풀며 가네

아름다움을 심으며 사랑을 그리게 하고
이별하고 쓸쓸함을 두고 가고
고독을 주고 외로움을 주고 가고 있구나

가을 노래

이정은

살랑살랑 춤추며
눈부신 무지개 가을빛 만들며
어딜 그리 바삐 가누 가을아

가는 곳마다 곱게 곱게 옷 갈아입고
향기 내음 폴폴 바람결에
여기저기 마실가는
꽃 내음아

저기 황금들녘 허수아비 심심하여 널 부르네

춤이라도 추자고 바람아
한 폭 한 폭 병풍에
가을 풍경 수채화를 그려놓고
오색 물결 그려가네
가을볕은

이주수
들꽃 외 2편

경남 합천 출생
울산광역시 거주
대한문학세계 시 부문 등단
(사)창작문학예술인협의회 회원
대한문인협회 정회원
대한문인협회 경남지회 정회원
문학 어울림 운영위원

들꽃

이주수

나는 길가에 피어있는 잡초입니다
나로 인해 이 세상이
맑고 향기로워졌으면 좋겠습니다

불어오는 산들바람에 입맞춤하며
소리 없이 내리는 보슬비에 춤추는
그런 잡초라도 좋습니다.

세상에서 가장 아름답고 어여쁜 꽃은 아니지만
나그네에게 부담 없는
향기로 스쳐 가길 바랄 뿐입니다

벌 나비가 와 꿀과 향기를 가져갈 수 없을지라도
잠시 쉬었다 가는
안락한 쉼터라도 되었으면 좋겠습니다.

삶에 지친 나그네에게 방끗이 웃음을 보내
한 번쯤 빙그레 웃고 가는
꽃이라면 더욱 좋겠습니다.

비 오는 날엔

이주수

외로운 맘 달래주는 그대가 그리워
비가 오는 날엔 당신이 생각납니다

엄마의 품속 포근한 젖가슴이 아련해
비 오는 날엔 당신의 가슴에 묻고 싶습니다

그대와 함께하고픈 마음이 그리워
비가 오는 날엔 당신과
와인잔을 함께하고 싶습니다

생명수에 젖어있는 숲속이 그립습니다
비 오는 날엔 나뭇잎들의 속삭이는 소리가
내 귓전에 들려옵니다

마음에 묵고 찌든 속세의
번뇌가 사라지길 기도합니다
비 오는 날엔 당신과 나의 근심 걱정이
이 빗물에 씻겨가길 빌겠습니다.

잊을 수 없는 당신

이주수

난 당신을 잊을 수가 없습니다.
당신의 아름다운 모습뿐 아니라,
당신의 마음까지도 사랑하기 때문입니다.

당신을 사랑한다고 말 못 하는 건
용기가 없어서가 아니라,
가슴 시린 뜨거운 사랑을 말로써
표현할 수 없기 때문입니다.

헤어질 때, 울지 못하는 것은
울면 찢어져 더 아파하는
당신의 가슴이 보이기 때문입니다.

만남의 기쁨을 말로 표현하지 않는 것은,
회자정리라는 야속한 진리 앞에
의연함을 보이기 위함입니다.

죽어도 못 잊겠다고
말 한마디 못하는 것은,
차마 죽어도 잊을 수 없는
당신이기 때문입니다.

당신의 사랑을 알게 된 난,
남은 생은 꽃을 피우렵니다.

임석순

인생은 축제다! 외 2편

충남 아산 거주
대한문학세계 시 부문 등단
(사)창작문학예술인협의회 회원
대한문인협회 정회원
대한문인협회 대전충청지회 정회원
문학 어울림 정회원
시를 즐기는 사람들 정회원
충남 태안 出生
삼성디스플레이(株) 在職
창원문성대학 卒業
한국방송통신대학(경영학) 卒業

인생은 축제다!

임석순

꽃 마중으로 가볍게 바람을 막으며
한산모시 부럽지 않게 살짝 가리고
서릿발 눈발 차례로 맞이하여 따뜻하게
내 한 몸 추스르고 의지하도록 하면 족하니

간단한 요기 퓨전이면 어떠하랴
소주 한 잔에 시름을 달랠 수 있으니
가족과 함께 이웃과 함께 삶의 여정이 즐거워

어릴 땐 초가집, 양철집, 슬라브에서
사회생활 초년병, 단칸셋방 생사(生死) 갈림길 오고 가며
새로운 보금자리 아파트, 세상 다 가진 듯 행복해

알콩달콩 자식 사랑 시간 속에 묻혀가고
어느샌가 할미 할아비 되었어라

행복에 겨워 마음속 자기만족 아쉬워
분노의 표출을 삼가고 자기만족 찾아서
자기 사랑 가족사랑 이웃사랑 나라 사랑

하나둘 셋, 느껴 보세 태양과 우주의 기운을
넷 다섯 여섯, 즐겨보세 조용히 삶의 여정을

일곱 여덟아홉, 저 너머 세계, 희망의 언덕이런가

벼 이삭

임석순

저 높은 하늘에 흘러가는 구름
참새는 나래 쉬고
쨍쨍한 태양 햇살
몸살 나게 불어대던 바람

마른 날엔 젖줄을 터 내어
가냘프게 보이더니만
서로 의지하고 머리 맞대고
그렇게 낮 밤을 지내오더니

농후한 어른 되어 숙연하게
알몸으로 헤어지고 모이니
세상을 섭렵(涉獵)하리
낱낱이 헤어져 흩어지고 모이니

세상이 섭렵(涉獵)하여
저 생을 마감하고
세상이 섭렵(涉獵)하니
환골탈태(換骨奪胎) 환생(還生)하리

떡으로, 빵으로, 케이크로, 술로, 밥으로
이생의 한 톨 한 톨 환생 되어 거듭나고
널리 인간 세상 뛰어들어 얄미워지니
이보다 더한 오지랖은 없으리.

설악산

임석순

새벽녘에 어두운 고요한 하늘
보이는 즐거움 찾아
발길 재촉하니
떠도는 별 하나 내 곁으로

어둠을 가로지르고 있을 즈음
내 눈이 흥겨운 황홀감에 숨을 멈추고
가슴에서 가슴으로 들어와 버렸네
공룡능선에 닿으면 사라져 없어질 것이라

잊힌 마음을 살려내러 왔다
잊지 못할 이 순간을 기다려 왔다
내 마음을 살려다오

칠흑같이 캄캄한 새벽을 가르는
한줄기 저 빛을 볼 수 있는
나의 마음을 살려다오

나의 마음에 숨겨진 경이로움
나의 마음에 숨겨진 아름다움
정원을 가꾸듯이 살고 지고.

임승훈

솔개의 꿈 외 2편

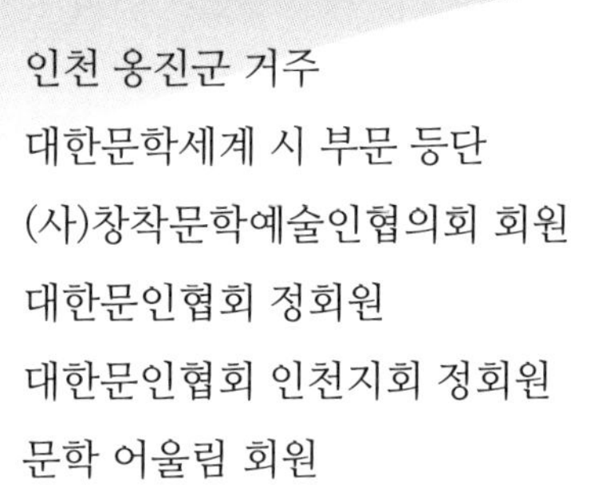

인천 옹진군 거주

대한문학세계 시 부문 등단

(사)창착문학예술인협의회 회원

대한문인협회 정회원

대한문인협회 인천지회 정회원

문학 어울림 회원

솔개의 꿈

임승훈

나는 한 마리 솔개 창공에 머문
날갯짓으로 너에게 내 맘을 전한다

여전히 겁먹은 너의 눈은 고백이 가려져 있고
어쩌다 핀 인연이었을까
모두가 걱정하며 바라볼 때
서로 우정을 열어놓고

넌 하늘을 경계하지 않는 자유로 풀을 뜯고
난 용맹한 날개를 접어
낱알로 허기를 채워 긴 겨울을 나자

석양이 붉게 물들어가는 어둠이 오면
너는 모퉁이 아늑한 터를 잡고
나는 달빛이 쏟아지는
가지에 올라 하루를 휴식하자

아침이 돌아와 네게 하강할 때
너는 검은 그림자를 보고
놀라서 숨어버린 어깨의 날개를 보았고
나는 짙은 고독의 질주를 잊었구나

가을 연가

임승훈

아쉬워 마라 네가 유난히
내 곁을 빠르게 지나가는 것은
너를 무척 사모하기 때문이다

외로워 마라 네가 떠난 후에도
너를 못 잊는 것은
너의 충실한 인정이 가득해
그리워서 너를 놓지 못한
내 미련뿐이다

일 년이 가고 다시는 너를 보지 못한다는
슬픔 후에도 그때의 아픔을 위로받던
이별이 아직도 두려운 것은
그냥 네가 좋아 너만 보이기 때문이란다

처음 기억한 그대로 미련한 인연에
목을 맨 내가 안쓰러워 보이는 것은
떠날 수 없다는 그 말
돌아가기에 너무 와버려서
변하면 아플까
사랑하기에 부족함이 없음이란다.

제발

임승훈

당신이 가신다면
그때는 젊어서 정열로 눈물을 뿌렸지만
예전처럼 당신을 막을 수가 없습니다

처음 만나던 날 하늘에 오른 것처럼
꿈길을 걸을 수 있었던 신선했던 기억은
그때 함께할 수 있었던 하늘이
내 안에 없습니다

새벽 강가에 갈대의 울음 섞인 서러움에
새들의 잠결을 깨어놔야 했죠

아침 여울이 벗겨지면
흙빛 얼굴을 씻고 머릿속이 얽긴
상념들을 바람에 버릴 거요

두 손을 모아도 이루지 못하는 것을
낯설게 부르다가
언덕에 오르면 띄엄띄엄 밀려오는
그리움을 다독여 가는 것을 말입니다.

임재화

들꽃 학교 외 2편

대한문학세계로 등단
대한창작문예대학 6기 졸업
문예창작지도자 자격 취득
(사)창작문학예술인협의회 회원
대한문인협회 정회원
대한문인협회 저작권옹호위원회 위원장
대한문인협회 대전충청지회 감사
문학 어울림 회원
〈수상〉
대한문학세계 신인문학상
한국 문학 공로상
순우리말 글짓기 공모전 장려상 2회
(사)창작문학예술인협의회 베스트셀러 작가상 2회
한국 문학 예술인 금상
대한창작문예대학 졸업 작품 경연대회 은상
〈저서〉
제 1시집 "대숲에서" 출간
제 2시집 "들국화 연가" 출간
〈공저〉
"현대 시를 대표하는 명인 명시" 특선시인선 6년 연속 공저
대한문인협회 특별 초대 시인 시화 작품집
"유화에 시의 영혼을 담다" 공저
제6기 대한창작문예대학 졸업 작품집 "동반의 여정" 공저
텃밭문학회 "제 9호 동인지" 공저
문학어울림 "어울림 동인지" 공저
대한문인협회 대전충청지회 "삶이 담긴 뜨락 동인지" 공저

들꽃 학교

임재화

한적한 시골의 폐교된 학교에
아담한 들꽃 학습원과 잔디밭을 만들고
오래된 느티나무 서 있는 광장

정성으로 가꾸어진 들꽃의 향기와
정갈스런 마음으로
붓을 들어 써놓은 작품들

이렇게 오염되고 힘든 세상에
저토록 아름답고 고운 마음으로
살아가는 이들도 참으로 많다.

교실 창문 밖의 늙은 호두나무
아름답게 풍기는 가을 향기
정문 앞 보잘것없는 쑥부쟁이에도
그윽하게 피어나는 가을의 모습

매난국죽 사군자 그려놓은 작품들
오롯이 마음을 담아내어
나타낸 선생님들의 정갈한 시심(詩心)
몇백 년을 흔들림 없이
서 있는 느티나무는 언제나 말없이
들꽃 학교를 지키고 있다.

낙엽(落葉)

임재화

이제, 갈 때가 되었나 보다.

노란 단풍으로 물들이고
사뿐히 바람 따라 날아가야지

어느덧 가을바람 매일 부는데
푸른 하늘엔 흰 구름 풍성하구나

참으려 하여도 참을 수 없고
오직 노란 빛으로 색이 바랜다.

봄날의 수줍음도….
여름날의 뜨거움도….

이제는 옛날이야기
서늘한 바람 앞에서 가슴만 추워진다.

호숫가에서

임재화

가을이 짙어가는 산촌
산골짝 아담한 호숫가에서

소슬한 바람이 불어온다.

푸른 하늘은 너무나 맑고
먼 산 능선 위 뭉게구름 일어
하얀색 물감처럼 그림 그리는데

티끌 하나 없는 거울처럼
깨끗한 물 위에 드리운 그림자
조용히 가을 풍경을 비추고 있다.

장금자

사랑이라면 외 2편

일산 거주
대한문학세계 시 부문 등단
(사)창작문학예술인협의회 회원
대한문인협회 정회원
대한문인협회 경기지회 정회원
문학 어울림 회원
대한창작문예대학 졸업

사랑이라면

장금자

가슴이 터지도록 느낄 수 있는
다정다감하고 햇볕에 흰 눈이 녹듯
따뜻한 사랑은 없을까

기뻐서 어찌할 줄을 몰라
하늘을 향해 두 팔 벌려
환희의 노래를 부르고 싶을 설렘

세상을 다 가진듯한 마음으로
춤사위 아름답게 펼칠 지고지순하고
숭고한 사랑은 어디에 있을까

무지갯빛보다 더 고운
꽃비 내리는 뜨락에서
세레나데 불러줄 내 사랑아

꿈결에서

장금자

언젠가 자정도 넘은 시간
나도 모르게 언제 가슴에 자리 잡고
마음 흔들어대는 당신은 누구

갑자기 쿵쾅거리는 가슴에
놀라 깨여 애잔한 그리움으로
이 밤을 밝히게 만드는 당신은 누구

어르고 짜증 내며 사정을 해보지만
살포시 미소 지으며 나를 껴안는
멋진 당신은 누구

꿈결이라도 그런 당신이라면
나의 모든 것 바쳐서라도
그대를 사랑하리라.

시인의 길

장금자

경험도 재주도 없던 나에게
서광이 번뜩이듯 시인 등단이라는
최상의 선물이 찾아오던 날
행복인 줄 알았습니다

황홀함에 들뜬 설악산 단풍같이 붉어지는
얼굴을 감추기 급급하였고
꿈인가 생시인가 얼떨떨했지요

시공을 초월한 삶을 살아야 하나
망각의 늪을 벗어나야 할까
가슴은 가뭄처럼 애가 탔었다

뇌리에서 살아지지 않는 찬란한 빛
정녕 잊을 수도 지울 수 없는 기억들
마르지 않을 눈물처럼 흐르지만
"소크라테스" 명언을 고이 품는다.

정 미 숙

떠나는 모습은 외 2편

대전 거주

대한문학세계 시 부문 등단

(사)창작문학예술인협의회 회원

대한문인협회 정회원

대한문인협회 대전충청지회 정회원

문학 어울림 회원

떠나는 모습은

정미숙

소슬바람 산밑에서 우는 밤
낙엽 같은 마음은
옷깃을 여미어 숨는다

그저 통속적인 가을로
씁쓸한 맛 갈색 잎이
걸음마다 부서지는 그 길로

인생의 파편처럼
묵은 삶의 각질처럼
무심한 길손으로 떠나라

겨울 앞에 서서 옷을 벗는
나목의 뜨락에는
처연한 언어가 자라고 있다

삶의 지평선에 사유의 공간에
희로애락으로
채색을 한 후에야

우리는 아름다운 사랑이라
말을 하리
이것은 못 살아있는 것들의
행로인 것.

아름다운 것의 눈물

정미숙

종다리 노래 하늘 높아라
대지의 치맛자락 미풍에 살랑인다
봄의 정령들은 간지러운
발가락을 뻗쳐 힘살이 오르고

구름 그늘에도 한기가 오던 날
나목이 되어버린 초로의 변방에도
시인의 노래가 새벽안개처럼
젖어 들었다

슬픈 것만이 눈물은 아니었다
인고의 가지 끝에 환희의 꽃망울도
가슴에 떨어지는 눈물이다
아마 이 봄에도 나는 울고 말 것이다

보라! 저 언덕 너머에
흔들리면서 피워낸 그 시간들
아름다운 것들의 슬픔을
찬란한 것의 눈물을

감성과 말의 한계를 넘어
그곳이 피안의 세계라면
나는 이 땅에 모든
기쁨과 슬픔, 눈물의 맛을
오감을 때리며 들이켜 마시리라.

강물에 띄우고

정미숙

도랑물 같은 아픔이야
폴짝 뛰어넘으리라
생각했었다

시냇물 같은 슬픔이야
돌다리 건너듯
한 발 한 발 넘어갔었다

인생이 그런 것이던가
삶 이란 무대 위에
몽환의 배역이 끝난 후

영원을 살아서 뭇 생명의
생사를 삼키는
시간의 강물 위에

부유물처럼 떠 있는 나
동창을 열면
새벽하늘이 가득한데

기억은 바람을 넘어와
풀향기 머금은 물안개로
피어오르네

아! 고운 머리 날리며
달려오는 그리운 날은
천년을 피는 안개꽃이어라.

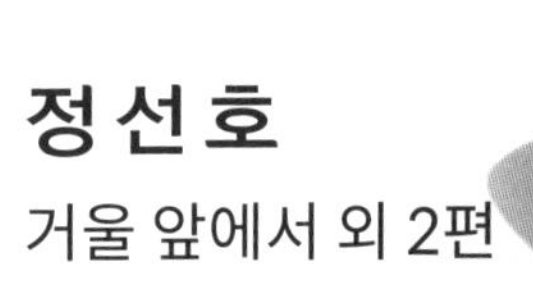

정선호

거울 앞에서 외 2편

대한문학세계 시 부문 등단
(사)창작문학예술인협의회 회원
대한문인협회 정회원
대한문인협회 부산지회 정회원
문학 어울림 회원
국민대학교 사범대학 체육교육과 졸
해병 376기 제대
중등 체육교사 제직
(현)요양보호사로 근무중

거울 앞에서

정선호

잠시 거울을 보다 미로 속을
헤매는 듯 안개꽃을 보았다.

희끗희끗 흰머리가 잔설처럼
마주 보고 미소를 보낸다.

눈가의 잔주름에 돌꽃 서리 품어
이슬 되어 흐르는데

언뜻 선뜻 고개를 들어 바라보니
왠지 낯설지 않다.

아~아버지
보고 싶은 아버지

세월 속에 묻힌 우정

정선호

오늘 나는 기뻤네
오랜만에 만나는 모습 그리며
미친 듯이 웃었네
하늘 보고 웃었네

오늘 나는 슬펐네
가는 모습 보이지
않으려 뒤돌아서 울었네
고개 숙여 울었네

아~아~ 잊혀간 세월에
희미해진 모습들, 기억 속에
사라진 젊은 시절이 보이는데

지나간 추억들이
너무나 아파져서
굳어버린 미소로
소리 없이 반겨주네.

회상

정선호

갈바람이 귓가에 맴돌고
들 꽃향기 지천에서 유혹하며
자전거 페달을 더디게 한다.

천천히 천천히 아주 천천히
관성에 몸을 맡겨 추억 속으로
깊게 더 깊게 빠져들었다.

살랑살랑 옛사랑 그리운 사랑
바람이 전해 준 피한(避寒)의 사랑
따스한 그대 품에 안긴 꿈 같은 사랑

갈바람이 머물며 속닥속닥하더니
희롱하듯 꽃잎 하나 입에 물고서
깔깔거리며 빌딩 숲으로 숨어 버렸다.

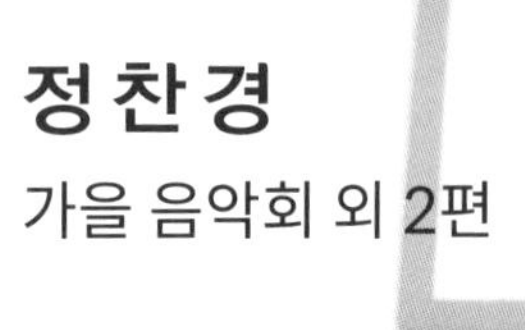

정 찬 경

가을 음악회 외 2편

대한문학세계 시, 수필 부문 등단

(사)창작문학예술인협의회 회원

대한문인협회 정회원

대한문인협회 경기지회 정회원

문학 어울림 회원

가을 음악회

정찬경

달 밝은 밤
숲에서 들려오는
귀뚜라미 소리에
알밤이 영글어가고

외로운
여치는 짝을 찾아
덤불에서 노래한다
찝 끄르륵

가을밤마다
귀뚜리 찌르륵 스르륵
베짱이도 사르륵 쓱
날개 스치며

사랑에 세레나데
이 작은 음악가들
밤 축제를 여니

하늘에 보름달
밝은 조명을 비춘다.

도시의 아침

정찬경

수도권 1호선 전동차
한강 철교를 달릴 때

강물 위 아침 햇살
오늘의 서막을 열고

대나무 숲 같은
강남 빌딩에
부딪힌 섬광

여의도에 비추면
젊은이들 가파른 계단
뛰어오른다

복권 한 장 손에 쥐고
오늘은 맑은 하늘에서
만나가 떨어질까 기대한다.

워낭 소리

정찬경

여명이 시작할 때
딸랑딸랑 소리

우리 집 대문을 여는
아버지 자존심
가족의 희망

워낭 소리 크면
봄이 가까운 것이고
작아지면
밤에 도둑이 든 것

황소의 발걸음 소리는
부유함과 가난의 척도

외양간 비워지고
딸랑 소리 사라지면
온 동네 적막하였다.

조민희

편지 봉투 외 2편

대한문학세계 시 부문 등단
(사)창작문학예술인협의회 회원
대한문인협회 정회원
한국문인협회 정회원
대한문인협회 경기지회 정회원
서광문학회 정회원
문학 어울림 회원

〈수상〉
한국문학 향토문학상
2016년 한줄시 공모전 장려상
2017년 명인명시 특선시인선 선정
특별초대시인 작품전 선정
2018년 대한민국 프리미엄인물대상 문화예술부문 대상
〈시집〉
고갯마루 굽은바람에 기대다
집으로 가는 길목에서
〈공저〉
햇살 드는 창 등 다수

편지 봉투

조민희

동생은
칭얼대다 모로 잠들고

엄마는 연신 편지 봉투를
한 줄로 펼쳐놓고
풀 묻힌 붓은 기계처럼
동작을 반복한다

나는 묻는다
언제 잘 거냐고…

말이 없는 엄마는 빠른 동작으로
풀 묻은 쪽을 접어 봉투를 만든다

오늘도 쌀독에서
바가지 부딪치는 소리가 들렸다

나는 안다
오늘 모두 접어 보내야
식량을 살 수 있다는 것을…

파란 달빛에
아버지 숨소리가 거칠다.

지나는 것들

조민희

어둠 속으로 사라지는 것들
모두 그림자처럼 어둠과 합장을 한다

아픈 추억조차 물처럼 너른 강으로
흩어져 잊혀간다

망각이다

어둠 속에 모든 것을 묻어버린 듯
꽃을 피운다

가슴은 아직 어둠을 벗겨내지 못한 채
아침을 맞이하고

새로움인 듯 모두 제각기 하루를
시작한다.

낯술

조민희

이곳이 어디인지…

사방을 둘러봐도
모두 낯설기만 하고
왜 이곳에 와 있는지…

난 술래다
못 찾겠다 꾀꼬리

술꾼들은 다 어디로 갔는지
아무도 대답이 없다

멀건 하늘엔
구름 한 점 멀뚱거리고
가슴엔
비라도 올 것 같이 공허하다

어디로 가야 하나

가로수에 등을 기댄 채
이리저리
고개를 갸우뚱거린다.

주선옥

가을날의 넋두리 외 2편

대한문학세계 시 부문 등단
(사)창작문학예술인협의회 회원
대한문인협회 정회원
대한문인협회 대전충청지회 정회원
문학어울림 회원

가을날의 넋두리

주선옥

붉게 물드는 나무 잎새
단풍이라 했더니
읽던 책 사이에 꽂아둔
오랜 기억 속의 추억입니다.

높고 푸른 하늘 가득히
춤을 추며 떨어지는 낙엽은
온밤을 지새우며 썼던
당신께 드리던 연서입니다.

저렇게 비가 내리고
맑게 닦인 유리창 너머
코스모스 하늘거리는 풍경 속에
보일 듯 말듯 그대는 그리움입니다.

세월도 흘렀고 얼굴도 잊혀
그 붉던 단풍나무 아래서
그대가 손짓해 불러도
이제는 진정 모른다고 할 것입니다.

코스모스

주선옥

생글생글 작은 얼굴에
개구쟁이 웃음을 띠고
먼 미지의 세계를 그리며
가벼운 날개옷을 입었다.

그 뜨거웠던 여름의
햇살을 고이 담아
푸르른 기상의 창공 속으로
한 겹씩 펼쳐 수를 놓았다.

작은 그리움으로 시작된
오랜 기다림과 소망은
아무도 알지 못하는 꿈으로
커다란 우주를 품어 안았다.

그 가을 첫사랑의 기억

주선옥

스산하게 스치는 가을바람에
뜨거운 커피 한 잔을 마시는데
그 향이 폐부를 찌른 듯 너무 아픕니다

당신이 꺾어다 준 들꽃 한 줌
햇살이 뜨겁게 달구던 마루 끝에서
버려진 듯 시들어가면서도
짙게 내뿜던 꽃향기가
내 심장 깊이에 파편처럼 박혔지요.

숨마저 멎을 듯 절실했던 그 가을이
이제는 세월 속으로 아득히 흘러갑니다.

주응규

봄 편지 외 2편

대한문학세계 시, 수필 부문 등단
한맥문학 시 부문 등단
현) (사)창작문학예술인협의회 / 대한문인협회 부이사장
현) 한국문인협회 회원, 계간문학 중앙위원, 가교문학회 자문위원
텃밭문학 사무국장, 한국가곡작사가협회 이사, 문학 어울림 회장
〈수상〉
2011년 대한문학세계 올해의 시인상 수상
2012년 대한문인협회, 국회사무처, MBC문화방송 주관
전국시인대회 은상 수상
2012년 한국문학정신 독도 시 경연대회 우수상 수상
2012년 예술인창작협의회 한국문학예술인 대상
2013년 대한문인협회 주관 한국문학 최우수 작품상 수상
2014년 문학세대 전국문학창작 공모대회 인천광역시장 상 수상
2015년 자유문학 전국문학창작 공모대회 전라남도지사 상 수상
2016년 제4회 윤봉길 문학상 대상 수상
2017년 대한문인협회 한국문학 문학대상 수상
〈저서〉
1시집 "人生은 詩가 되어 흐른다"
2시집 "삶이 흐르는 여울목"
3시집 "시간 위를 걷다"
수필집 "햇살이 머무는 뜨락"
기타 공저: 여러 문인협회, 문학회, 신문 등, 동인지 다수
가곡 작시: 망양정 가곡(16곡) 작사 음반 CD 출반 외,
가곡 작시 노래 30여곡 발표.

봄 편지

주응규

밀려왔다 밀려가는 그리움을
눈물로 피웠다 지우기를
반복하며 편지를 씁니다

먼 날에 숨겨놓았던
사랑 이야기가
봄물에 씻겨나
삽시간에 번져납니다

햇볕을 머금어 찰랑대는
초록빛 물결을 축여
발그레 꽃물 듭니다

가슴 마디마디에 꽃망울 져
발록발록 터지는
야린 사랑의 숨결로
그대의 메마른 가슴에
봄꽃을 피우겠습니다.

추억 소묘(素描)

주응규

그대를 향해 시위를 당긴 큐피드 화살은
하트 과녁에 이르지 못하고
그리움을 드리운 호수에 떨어져
고요한 파문을 일으킵니다

중천에 솟구친 햇발에 편편이 부서지는
아련한 흑백 기억 조각들을
퍼즐을 끼워 맞추듯이
그 시절을 묘사해봅니다

나로 하여금 흘린 그대의 눈물도
그대로 하여금 흘린 나의 눈물도
채색 현란한 물감으로 번져나
빛 고운 풍경을 그려냅니다

풍경 속에서 빛바래져 가는
매 순간순간의 찰나를 포착하여
클로즈업시키고 포커스를 잡아
추억을 인화시켜놓습니다.

청노루귀

주응규

궁벽진 산골짜기 가파른 언덕바지
잔설 찬 봄바람이 이는 곳에
앙증스레 피어나
누구를 기다리나

단아한 매무새 우아한 자태로
간들대며 나직이 속삭이듯
나그네의 마음을 사로잡네

봄날에 선택받은 이만이
만날 수 있는
행운의 여신이런가

그 향기 맑고도 청아해라
그 모습 고와서 눈부셔라.

최승영

버려진 꽃 외 2편

대한문학세계 시 부문 등단
(사)창작문학예술인협의회 회원
대한문인협회 정회원
대한문인협회 서울지회 기획차장
문학 어울림 수석 운영위원

버려진 꽃

최승영

갈무리
내 뒤안길에
버려진 꽃

소로길 걸어
다시 보니
지천엔 그놈이 그놈이구나

이 꽃을 예뻐하리
저 꽃을 예뻐하리
이러지도 저러지도
못함이라

너는
그냥저냥
어여삐 피었다가
낭만으로 지려무나
너도 한때 꽃이었으면 됐다.

만월(滿月)

최승영

한가위
중추가절
지나간 시간

시끌벅적
웃음소리만
감도는 거실 안이다

친정 나들이
시집간 딸, 제 뱃속에
새 생명 품고 와 선

또 한 번
가족의 소중함을
알려주고 떠난 시각
삼경이 흐르고

창 너머
만월(滿月)은
딸, 사위
밤길 배웅 자청하네

아비 가슴은
참으로 가깝고도 먼
가족이어라.

사랑의 본질

최승영

그리움의 방편이
애달픈 뉘앙스라면

사랑의 본질은
맺어짐에 있는 것이지

그래서
그리워하고 기다리는
평행선에서 이별을
만나기도 한다

사랑을 아름다운
우주에 열림이라 생각하라
그 속에서 당신과 내가
사랑에 젖을 수밖에 없다

바람을 피하고 싶어
피한다지만 끝내 바람은
우리들 가슴에 파고든다

이것이 사랑의 본질이다.

최예은

제비꽃 외 2편

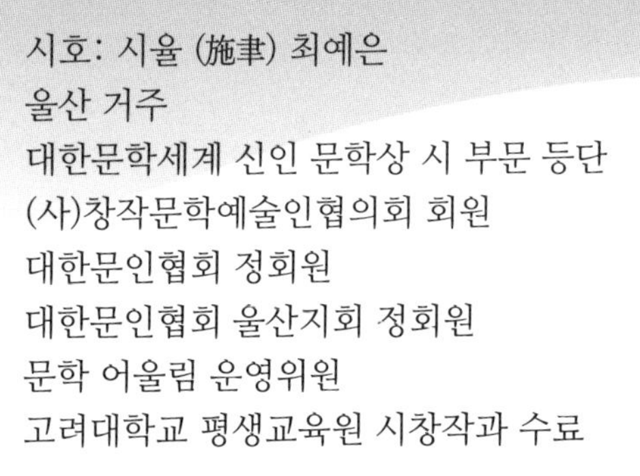

시호: 시율 (施聿) 최예은
울산 거주
대한문학세계 신인 문학상 시 부문 등단
(사)창작문학예술인협의회 회원
대한문인협회 정회원
대한문인협회 울산지회 정회원
문학 어울림 운영위원
고려대학교 평생교육원 시창작과 수료

〈공저〉
문학 어울림 동인지
2017 어울림1
2018 어울림2
계간 한국신춘문예지
2018 봄호 여름호
고려대 시창작과 엔솔로지
여름의 반란 외 다수

제비꽃

최예은

외딴곳에 홀로 이사를 왔다
군데군데 동백꽃을 벽지로 바르고
푸른 파도를 장판으로 깔았다
밤하늘엔 촉수 낮은 별무늬 천장도 발랐다

기꺼이 나를 호명하는 이 없어
몸과 마음이 서서히 아파져 온다
어느 날 한 장의 호명을 이루기 위해
산책길을 거닐다 오솔길에서 만난 보랏빛 그녀
청순한 모습에 몸을 낮춘다

보랏빛 향기와 선명한 색깔이
텅 빈 내 가슴에 또렷이 박힌다
한낮에는 섬 집 아기
동요를 부르는 목소리로 가득하고
밤엔 클레멘타인
늙은 아비를 찾는 소리 구슬프다.

빨래하는 밤

최예은

늦은 밤 후덥지근한 공기 에어컨 바람
시간의 물비늘 벗겨내듯 잠을 쫓아낸다

선명해지는 머릿속
봉사 활동으로 찌들어 따라온 낮 꿈

누렇게 탈색된 빛과 먼지와 소금기로
얼룩진 옷가지들 세탁기에 넣고 돌린다

빛바랜 창밖 어둠 속은
세탁기의 열과 진동으로 출렁거린다

새벽이 가까워져 올수록 충혈된 눈
그제야 비릿한 수면을 재촉하고

희미해진 의식 위로 세탁기의
마지막 리듬 소리가 울린다

눅눅한 습한 온도로 가득 찬 목구멍을 열어
세상의 속 때 맑은 물로 정화된 빨래를 꺼낸다.

바다와 접속하다

최예은

오래된 로그인의 접속 경계에 내가 서 있다
깜박깜박, 알 수 없는 에러는
이미 정신 줄을 놓은 상태다

패스워드로 기억을 더듬는다
회로는 오류로 인해 불통 신호만
친절하게 안내한다

어디서부터 잘못된 것인가
단서를 찾아가는 페이지마다
한계용량은 미궁 속으로 빠져든다

그가 검은 낯짝을 뻔뻔하게 들이댄다
묵묵부답으로 일관하는 높은 담벼락
오케이 승인을 기다리며 발만 동동 구른다

미로 같이 엉겨진 혈관을 찾아 진단한다
기억과 감각이 일치하는 곳에서 로그인
비로소 정보의 바다와 접속
커뮤니티를 소생시킨다.

최 윤 서

산하엽 꽃 외 2편

대한문학세계 시 부문 등단
(사)창작문학예술인협의회 회원
대한문인협회 정회원
대한문인협회 경남지회 정회원
대한창작문예대학 졸업
대한창작문예대학 졸업작품경연대회 동상 수상
문예창작지도자 자격취득
문학 어울림 운영위원

〈공저〉
2017. 어울림 동인 시집
2018. 시 길을 가다 동인 시집

산하엽 꽃

최윤서

순백의 꽃망울 터뜨려
행복을 주는
청초한 사랑 이야기
새벽이슬 닮은 영롱함이
눈이 부시도록 시리구나

하얀 영혼과 진솔한 비의 만남
하얗게 열린 고운 마음은
사랑의 기운을 드리우고

비에 젖을수록 투명해지는
청순가련한 아름다운 자태는
세상에 물든 생명을 정화한다

자연의 변화와 인생사

흐름을 같이 하여
일사천리로 펼쳐진 인생

감사보다는 당연함이
큰 파도를 넘은 인생은
겸손과 감사로 그려진다

파도에 쓸린 그늘진 어둠이
맑고 투명하게 피어나길.

잊고 싶은 너

최윤서

하얀 백지 위에
먼 훗날 꿈같은 날의
그림을 그리던 너와 나

깊은 어둠에 잠긴 새벽녘
너를 향한 마음
태양보다 뜨겁게 타오른다

내리는 빗방울과
맺히는 눈물방울도
그리움의 수보다 못하다

그립고 아픈 빛바랜 사랑아

마음을 열다

최윤서

외로운 가슴이 오롯이 모여
웃음꽃이 메아리 되는 소백산

드러나지 않을 찢긴 가슴의 상처
빛 고운 단풍에 사그라들고
호탕한 웃음소리에

저마다의 꽃망울을 터트리는
향기 그윽한 들꽃이 사랑스럽다

누구도 알 수 없는 내일
보람과 가치로 의미를 부여하며
희망찬 삶을 노래한다.

홍진숙

천천히 오랫동안 외 2편

대한문학세계 시 부문 등단
(사)창작문학예술인협의회 회원
대한문인협회 정회원
대한문인협회 서울지회 사무국장
대한창작문예대학 5기 졸업
문학 어울림 운영위원

〈수상〉
대한문인협회 문학발전상
한국문학 베스트셀러 작가상

〈시집〉
"천천히 오랫동안"

여러 문인협회 문학회 동인지 다수

천천히 오랫동안

홍진숙

아무도 알 수 없는 길로
시간을 전송하네
입구가 표시되지 않은 팻말
멈춤도 허락되지 않는
그 길을 따라 걸어가네
너무 자주 길을 잃고
돌이킬 수 없어
시간은 더 무거워져 갔네
저항할 수 없는 길들은
지금도 침묵하고
이미 잃어버린 길들은
죽어서 다시 새로운 세상이 될까
함부로 말할 수 없는
달콤하고 외롭고 깜깜하게
나를 삼키고 잠든 시간들

가벼운 것들 중에서

홍진숙

꿈을 꾸듯
이제 막 자란 아지랑이
정오의 갈증으로 서로 기대고 있는
빌딩들을
아장 아장 기어 오르고 있는 몸짓
언젠가 당신과 걸었던 청계천
돌다리 건너고 있는 푸른 이끼
변함없이 흐르고 있는 개울물
지금은 잊힌 듯
홀쭉해진 다시 찾을 수 없는 기억들

남해 그곳에 가면

홍진숙

마음 둘 곳 없어 산란할 때
해풍 손짓하는 그곳으로
가보고 싶네
바람에 스치듯 들어봤던
이름이 앵강만 이었던가
삶의 궤적처럼 누워있는
다랑논 천천히 걷다 보면
무겁던 마음들 민들레 홀씨처럼
홀가분 해질지 몰라
서둘러 핀 붉은 장미 넝쿨 한 무리
우두커니 오랫동안 서 있었을
언덕을 지나 바다로 가면
텅 빈 배 한 척 철썩이는 파도에
자유로이 흔들리고 있을까
둥둥 떠다니던 산란하고
얼룩진 생각들
어느새 푸른 바닷물에
깨끗이 씻길 거 같네

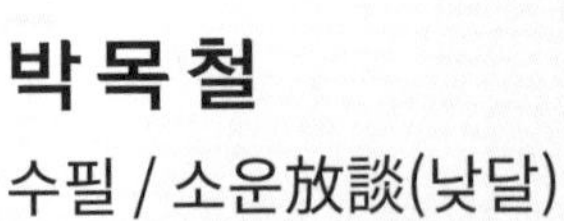

박목철

수필 / 소운放談(낮달)

한국전력기술(주) 부장 역임
대전엑스포 전기에너지관 사업 책임자

대한문학세계 시 부문 신인문학상으로 등단
대한문학세계 기자(전)
대한멀티영상아티스트협회 회장(전)
대한문인협회 감사(현)
문학 어울림 고문

창작문학예술인 대상(2013)
순우리말 글짓기 공모전 대상(2014)
한국문학예술인 대상(2016) 외 수상 다수

〈수상〉
국가공인 생활스포츠지도자 1급(검도)
국가공인 건강운동 관리사(구 생활체육지도자 1급)

소운放談(낮달)

박목철

일주일에 두 번은 양평과 서울을 오가는 생활을 몇 년째 하고 있다.
출근 시간대에 겹치면 정체가 너무 심해 차라리 일찍 하는 마음으로 해가 뜨기 전에 집을 나서는 경우가 많다. 서울과 양평을 오가는 도로는 북한강을 끼고 있어 오가는 길이 지루하지 않다는 것도 어떻게 보면 행운인지도 모른다는 생각을 했다. 답답한 도심을 오가야 한다면 그것도 고역이리라, 예전 서울 살 때는 북한강 변의 풍광에 반해 휴일이면 북한강 변을 따라 천서리까지 와서 막국수를 먹고 강변 카페에서 커피도 마시고 돌아가는 것을 낙으로 삼기도 했으니 말이다.

서서히 날이 밝아올 무렵이면 안개가 자욱한 깔린 북한강 변 풍광에 넋을 잃게 되기도 한다. 양수리 인근의 북한강은 물안개가 아름답기로 소문 난 지역이다. 자동차 전용도로라는 사실을 잊고 차를 멈추었다가 깜짝 놀라는 일도 있다. 요즘 들어 주행 중에 차를 세우고 싶다는 충동에 빠질 때가 많다. 이런 순간을 놓치고 나면 한동안 머릿속에 아쉽다는 생각이 지워지지 않는다. 카메라를 늘 가지고 다닐 수도 없지만, 요즘은 핸드폰의 성능이 좋아 카메라가 좋다는 노트8을 무리해서 샀다. "나이 드신 분이 뭘 그런데 욕심이 그렇게" 사실 다른 기능보다는 카메라 기능이 좋다는데 혹해

사긴 했지만, 백만 원이 넘다니 비싸긴 하다.

대게의 경우 두물머리 갈림길 입구쯤 가면 날이 훤히 밝아 여명이 눈부실 때가 많다.
강과 다리와 산, 붉게 타오르는 햇살, 이런 것들이 한대 어우러져 빚어내는 조화는 정말 눈부시다. 사진 구도를 머릿속에 그리면 여기가 딱, 인데 습관적으로 룸미러를 보면 무섭게 질주하는 차들 때문에 감히 세울 엄두가 나질 않아, 아쉽다. 한탄하게 될 뿐이다.

어느 날인가 양수리 갈림길을 지나 무심코 쳐다 본 하늘에 달이 떠 있었다. 깊이 생각해 본 적은 없지만, 당연히 달이 지고 해가 뜬다고 생각하고 있었는데 해가 환히 뜬 아침나절에 달이 높이 떠 있다는 사실이 새삼 신기하게 느껴졌다. 아마도 해가 더 높이 떠 주변이 환해지면 달은 보이지 않을 것이지만, 달이 지고 해가 뜬다는 말은 틀렸다는 사실이 새삼스러웠다. 밤에 켜면 눈부시게 밝던 조명도 해가 뜨면 켜져 있다는 사실을 느끼기 어렵듯이, 달은 떠 있지만, 우리가 느끼지 못하고 달이 졌다고 믿는 것이다. 그 뒤 유심히 하늘을 보면 낮에도 희미한 빛을 발하며 달이 떠 있는 것을 자주 보게 되었다. 불교 신자는 아니지만, 눈 감으면 없고 눈 뜨면 있다는 단순한 진리가 가슴에 다가왔다. 해가 환한 빛을 발한다고 달이 지고 없는 것이 아니다. 햇빛에 가려 우리가 보지 못할 뿐이다. 세상 사는 이치가 다 이와 비슷

하다는 생각을 해 보았다. 단순화시켜 보면 내가 배부르고, 내가 따뜻한 집에서 편히 살고 있다고 남들도 다 그렇지는 않다. 주변의 행복과 화려함에 가려 느끼지 못한다고 모두가 배부르고 행복한 것은 아니라는 현실을 햇빛에 가려 달을 보지 못하듯 보지 못할 뿐이다.

하늘을 유심히 바라보았다. 어디에도 달은 보이지 않았다.
달이 보이지 않는다고 달이 지고 없는 것인가?
눈에 보이는 것이 다 진실은 아니라는 사실, 낮달을 보며 작은 진리가 새삼스럽다니,

낮달, 소운/박목철

나고(生) 차고(滿), 지고(滅)
열심히 돌려야
쥐불놀이 불길이 타오르듯
輪廻의 수레바퀴 거역해 본들,

해가 뜨면
졌다가 뜰 일이지
가물대는 존재감이 뭐라고
해가 뜨면 달이 진다잖아,

그래도 달이야
낮달,

주응규

수필 / 오동나무

대한문학세계 시, 수필 부문 등단
한맥문학 시 부문 등단
현) (사)창작문학예술인협의회 / 대한문인협회 부이사장
현) 한국문인협회 회원, 계간문학 중앙위원, 가교문학회 자문위원
텃밭문학 사무국장, 한국가곡작사가협회 이사, 문학 어울림 회장
〈수상〉
2011년 대한문학세계 올해의 시인상 수상
2012년 대한문인협회, 국회사무처, MBC문화방송 주관
전국시인대회 은상 수상
2012년 한국문학정신 독도 시 경연대회 우수상 수상
2012년 예술인창작협의회 한국문학예술인 대상
2013년 대한문인협회 주관 한국문학 최우수 작품상 수상
2014년 문학세대 전국문학창작 공모대회 인천광역시장 상 수상
2015년 자유문학 전국문학창작 공모대회 전라남도지사 상 수상
2016년 제4회 윤봉길 문학상 대상 수상
2017년 대한문인협회 한국문학 문학대상 수상
〈저서〉
1시집 "人生은 詩가 되어 흐른다"
2시집 "삶이 흐르는 여울목"
3시집 "시간 위를 걷다"
수필집 "햇살이 머무는 뜨락"
기타 공저: 여러 문인협회, 문학회, 신문 등, 동인지 다수
가곡 작시: 망양정 가곡(16곡) 작사 음반 CD 출반 외,
가곡 작시 노래 30여곡 발표.

오동나무

주응규

산천에 푸른 물빛 줄기가 한창 밀려드는 올봄, 밭 가장자리에서 심은 것도 아닌데, 어디서 씨앗이 날아왔는지, 오동나무 새싹 한 그루가 자라고 있는 것이 눈에 띄었다. 주위를 둘러봐도 오동나무는 보이지 않는데, 신기하게도 우리 밭 귀퉁이에 터를 잡고 자란다. 벌써 오동나무의 널따란 잎이 가을이 왔음을 알린다. 봄에 보았을 때보다, 훌쩍 자라난 오동나무가 대견스럽다. 우리나라 어디를 가도 쉽사리 볼 수 있는 것이 오동나무다. 여름날 널따란 잎으로 시원한 그늘을 만들어 주던, 오동나무의 고동색 가지에 매미도 많이 찾아들었다. 오동나무에서 여름날을 노래하던 매미 소리가 메아리로 들려오는 듯하다. 어린 날, 오동나무 밑에서 소나기를 피했던 추억도 있다. 오동나무 널따란 잎사귀에 떨어지던 빗방울 소리는 마치, 한여름 날이 들려주는 자연의 교향곡처럼 귓전에 울려 퍼졌었다. 여름날 소나기를 만나면, 머리에 오동잎을 이고 빗속을 달리던, 아련한 옛 추억이 영화의 한 장면처럼 펼쳐지는 듯하다. 오동나무는 한국인의 품성을 지닌 나무 같다. 오동나무는 그다지 아름답지는 않지만, 멋스러우면서도 듬직하고, 고아한 자태가 풍긴다. 옛 선비들은 우리나라에 자생하는 나무 중, 오동나무 잎보다 큰 잎을 가진 나무가 없었으므로, 넓은 품성을 자랑하는 오동나무를, 대청마루 앞이나 정자 앞, 그리고 서당이나 망루에, 오동나무를 심어두고, 청운의 꿈을 품었었다고 한다.

우리 조상들은 딸을 낳으면 오동나무를 심었다고 한다. 딸이 커서 혼인할 때 장롱을 만들어 시집을 보냈단다. 오동나무는 베어도 밑동에서 새로운 순이 자라는 생명력이 강한 나무이다. 잎이 크므로 광합성을 많이 하여, 단기간에 양분을 집중적으로 공급하여, 몸을 불리는 오동나무는 15년이 면 관목으로 쓸 수 있는 속성수(速成樹)다. 우리나라에서 가장 빨리 자라는 나무 중의 하나다. 오동나무는 가볍고 부드러우며 나이테가 뚜렷하고, 아름다운 무늬를 지니고 있다. 나뭇결이 곧고 비틀림이 적으며 탄력성이 좋은 나무로 알려져 있다. 습기 벌레 화재 등에도 강해 장롱, 서랍장, 병풍, 귀중품 보관함 등으로 널리 사용하였다. 또한, 오동나무로 예로부터 거문고, 비파, 가야금, 등의 악기를 만들었다. 옛말에 "매화는 아무리 추워도 함부로 그 향기를 팔지 아니하고, 오동은 천 년을 묵어도 아름다운 곡조를 간직한다"는 말이 있다. 그만큼 악기를 만드는데, 오동나무가 적격이라는 것이라는 말이다.

오동나무에 깃든 이야기는 고상하다. 우리 민족의 가슴속에 사는 봉황새는, 오색의 황홀한 날개깃을 펴서 단번에 천리 길을 난다고 하는 상상 속의 길조(吉鳥)이다. 봉황새는 대나무 열매만 먹고, 오동나무 가지에만 둥지를 튼다고 알려져 있다. 봉황새가 날아들면, 천하가 태평하게 된다고 믿었기에 바람도 간절했다. 봉황은 우리의 실생활에도 많이 볼 수 있어 친근감이 더하다. 신혼부부의 행복과 다산(多產)을 염원해 베갯모에도 봉황 암수와 여러 마리의 새끼 봉황새를 자수해 넣었다. 그 밖에 공예품에도 그리고 각종 상장 상패에도 봉황이 새겨져 있다. 우리의 삶 속에 시대와 장소를 초월하여 봉황새를 품고 산다. 우리나라 청와대 정문에도 봉황문용이고 대한민국 대통령 문장도 봉황이다. 이웃 나라 일본은 오동나무 잎과 열매를 형상화하여 총리의 문장으로 쓴다. 그리고 명절이면 가족과 즐겨 치는 화투의 11월 광(光)은 오동과 봉황이 그려져 있다. 화투의 11월 광(光)은 재물이나 명예를 가리킨다. 우리 실생활에도 깊숙이 심어지고 날아든 새가 오동나무와 봉황새다.

늦봄 오월쯤이면, 오동의 연초록 가지에서 풍기는 연분홍빛 꽃의 향기를 잊을 수 없다. 넓은 잎사귀 사이에서 피어난, 오동꽃은 오월을 초록이 밝힌다. 햇살에 살며시 고개를 내미는 오동 꽃의 수줍은 자태는, 화관을 쓴 오월의 처녀 같이 곱기도 하다. 오동나무는 목재 가공 이외에도 쓰임새가 참으로 다양하다. 오동나무 열매와 줄기를 약재로 사용하기도 한다. 오동나무 잎은 살충제로 재래식 화장실에 깔아두면, 냄새를 없애준다고 하여 많이 사용했었다. 오동나무는 병충해에도 강한 것으로 알려졌다. 오동나무 주변의 식물도 병충해로부터 보호를 받는다 한다. 그래서 밭 주위에 오동나무를 많이 심지 않았나 생각해본다. 오동나무 열매는 10월에 달걀모양으로 껍질이 변하면서 회갈색이 된다. 초겨울에 열매가 둘로 갈라지면서, 열매 안에 있던 날개 씨앗은 겨울바람을 타고 자기 터전을 찾아, 제 갈 길로 흩어져 새 삶을 살아간다.

오동나무를 보면 필자는 오동나무 지팡이 생각이 난다. 나는 십 대 때 어머니를 여의었다. 어머니를 하늘나라로 떠나보내실 적에, 소년은 삼베 상복에 오동나무 지팡이를 짚고, 한없이 울었던 기억이 있기 때문이다. 유교 사상이 깊은 우리나라는 예로부터 상주가 지팡이를 짚고 슬픔을 대성통곡하였는데, 상주가 짚는 지팡이에도 뜻이 있다. 부친상(父親喪)을 당하면 자식을 기르느라 속이 비어 버렸다 하여, 대나무 지팡이를 짚었다. 모친상(母親喪)을 당하면 자식이 애를 태워 속이 하얗게 찼지만, 마디를 두지 않는 오동나무 지팡이를 짚고, 자식 된 도리를 하였다. 나 또한 오동나무 지팡이를 짚고 통곡하였기에 오동나무를 보면 어머니 생각이 사무쳐 온다. 어느 날 우연히 보게 된, 우리 밭 가장자리에 자라난 오동나무에 눈길이 자주 간다. 나의 어린 시절 추억들을 담고 자라나는 오동나무 같기 때문이다.

문학 어울림 동인 시집

어울림2

초판 1쇄 : 2018년 11월 12일

지 은 이 : 주응규 외 59인

국순정 권미정 김국현 김금자 김명숙 김서곤 김선목 김수용 김수찬 김옥빈 김인선 김인수 김재덕 김재진 김지우 김진태 김채연 김철민 김태백 도분순 도현영 류향진 박목철 박상종 박소연 박정기 박정재 박종태 배영순 서대범 손경훈 손해진 심경숙 안태현 오수경 오승한 유은정 윤석광 이도연 이명희 이민숙 이승연 이연종 이영우 이정은 이주수 임석순 임승훈 임재화 장금자 정미숙 정선호 정찬경 조민희 주선옥 주응규 최승영 최예은 최윤서 홍진숙

엮 은 이 : 김락호

표지 그림, 삽화 : 이종재

캘리그라피스트 : 조성숙

디자인 편집 : 이은희

기 획 : 시음사

인 쇄 : 청룡

연 락 처 : 1899-1341

홈페이지 주소 : www.poemmusic.net

E-Mail : poemarts@hanmail.net

정가 : 15,000원

ISBN : 979-11-6284-075-7